Omar B.

Der Junge aus Casablanca

Aus dem Niederländischen von Andreas Mühlmann

BRUNO GMÜNDER VERLAG

Der Junge aus Casablanca
Copyright © 2008 by Bruno Gmünder Verlag GmbH
Kleiststraße 23-26, D-10787 Berlin
info@brunogmuender.com

Originaltitel: Oesters of merguez
Copyright © 2006 by Omar B.
Originally published by Houtekiet, in Antwerp

Aus dem Niederländischen von Andreas Mühlmann

Umschlaggestaltung: Frank Schröder
Coverfoto: © Anja Müller, www.anja-mueller-fotografie.de

Satz: Enrico Dreher
Gesetzt aus der Stempel Garamond und Univers

Printed in the E. U.

ISBN: 978-3-86187-913-8

Bitte fordern Sie unseren kostenlosen Verlagsprospekt an!

eins

»Nebel über dem Mittelmeer. Dass ich das noch erleben darf ...«

Der alte Mann neben mir an der Reling spricht Berberisch, die Sprache meiner Jugend. Seine Worte sind mehr an sich selbst gerichtet als an mich. Ich schaue ihn an und lächle.

»Schade, wir werden den Felsen von Gibraltar nicht sehen«, fährt er fort, während die Fähre den Hafen von Algeciras hinter sich lässt.

»Wo liegt denn der Felsen?«, frage ich.

»Ist es das erste Mal, dass Sie die Überfahrt machen?«

Ich nicke. »Auf dem Hinweg bin ich geflogen.«

»Schade ... Gibraltar liegt da.« Er zeigt auf einen imaginären Punkt im Nebel und legt kurz seine Hand auf meine, als wolle er mich trösten.

»Ein hübscher Ring ... Sind Sie schon lange verheiratet?«

Bei meiner überstürzten Abreise habe ich ganz vergessen, dass ich den Ring immer noch trage.

»Fast ein Jahr«, sage ich. Dass es nicht mein Ehering ist, verschweige ich.

Ein verschmitztes Lächeln umspielt seinen Mund.

»Und ... hatte ihre Frau schon Heimweh nach der Heimat?«

»Nein, sie ist noch in Belgien. Ich wollte nach all der Zeit meine Familie einmal wiedersehen.«

»Sie wollen mir doch nicht erzählen, dass Sie alleine reisen?« Wieder lässt er seine Hand auf meiner ruhen.

Ich zucke mit den Achseln. »Doch, aber das finde ich nicht schlimm.«

Der Mann richtet sich auf und drückt feierlich meine Hand. Seine Augen leuchten.

»Ich heiße Mohammed«, sagt er stolz.

»Omar, angenehm.«

Seine rauen Pranken lassen ihre Beute nicht los. Er strahlt wie die Sonne, die durch den Nebel bricht.

»Sie haben bestimmt Hunger. Kommen Sie mit in den Aufenthaltsraum, und essen Sie zusammen mit meiner Familie. Meine Tochter hat gestern Tagine gemacht. Wir haben einen Campingkocher, um alles warm zu machen.«

Ich versuche, die Einladung auszuschlagen, aber er zieht mich am Ärmel mit nach drinnen. Da sitzt die ganze Sippe. Ein altes Mütterchen mit einem zerfurchten Gesicht wie eine Wüstendüne nach dem Sandsturm und knochigen Fingern hockt auf dem Boden und rührt in der Tagine.

»Meine erste Frau«, lacht Mohammed, »die zweite passt auf das Haus auf.«

Seine jüngste Tochter, eine beleibte Matrone, bricht Brot in Stücke. Ihr bärtiger Ehemann presst Wasser aus einem Lederschlauch in Metallbecher. Die fünf Kinder sitzen im Halbkreis auf dem Boden und lecken sich schon die Finger. Ich bekomme einen Ehrenplatz auf einem bunten Kissen. Die vier Erwachsenen vervollständigen den Kreis.

»*Bismillah!*«, wünscht uns Mohammed, und dann fangen alle an zu essen. Die Erwachsenen ruhig, die Kinder laut und aufgeregt.

Tagine mit Lammfleisch, Kartoffeln, Möhren und Kichererbsen. Köstlich! Solch saftiges Lammfleisch bekommt man in Belgien nicht. Während ich esse, beginnen meine Gedanken umherzuwandern.

※

Ich war ungefähr sechs Jahre alt. Wir wohnten in einem Vorort von Casablanca. Überall dieselben weiß getünchten Häuser und der Sand der Straße, der wie roter Staub aufwirbelte. Unser Haus hatte einen großen Innenhof mit einem Feigenbaum, einem Brunnen, frei laufenden Hühnern und einem Gemüsegarten, in dem der Duft von Minze dominierte. Die Minze, zuerst ein bescheidenes Pflänzchen, überwucherte bald alle anderen Gewächse. Die Auberginen und Zucchini fochten einen aussichtslosen Kampf. Ihre Blüten stachen hier und da durch den Minzteppich, so als würden sie beinahe ersticken. Aufgrund des eifrigen Wildwuchses verarbeitete meine Mutter die Minze großzügig in Tee, Salat, Gebäck, Tagine und Taboulés. Wenn wir schwitzten, stieg ein würziger Minzgeruch aus unseren Poren auf.

Eines Tages kam mein Vater aus der Medina zurück. Dort hatte er auf dem Viehmarkt ein Lamm gekauft.

»Hier, Omar, für euch«, sagte er.

Das Lämmchen sah mich erwartungsvoll an und blökte vergnügt. An seinem Hals hatte es einen braunen Fleck in Form eines Halbmondes.

»Das bringt Glück.« Mein Vater band ihm eine Schnur um den Hals und machte es an einem Pfahl unter dem Feigenbaum fest.

»So hat es Schatten, sonst bekommt sein Fell einen rötlichen Schimmer«, sprach er weise.

Ich fand das seltsam. Ein rötlicher Schimmer war doch schön! Warum färbten sich meine Mutter und meine Schwester sonst die Haare mit Henna? Ein Leben im Schatten fand ich ziemlich traurig.

Aber das Tier war stärker, als mein Vater dachte. Schon in der ersten Nacht befreite es sich und fraß sich im Gemüsegarten an den Zucchini und den Auberginen satt. Nur die Minze schien es nicht zu mögen. Inmitten dieses Schlachtfelds sprang es ausgelassen in der Morgensonne herum.

»Schau mal, es tanzt«, lachte ich.

»Wie nennen es Boogie«, sagte meine Schwester Maryam.

»Was ist das denn für ein Name?« Mein Bruder Adnane setzte seinen üblichen kritischen Blick auf.

»So wie in dem Lied von Michael Jackson«, antwortete Maryam. »Boogie ist ein berühmter Discotänzer.«

Mein Vater baute einen Holzzaun unter dem Feigenbaum. Ein Kuhle mit Stroh diente als Schlafstelle. Aber Boogie stand nur wie belämmert da. Tanzen wollte er nun nicht mehr.

Wenn mein Vater bei der Arbeit war, schmuggelte ich Boogie nach draußen. Gefügig lief er mit mir an seinem Strick, so wie ein Hund an der Leine. Die Nachbarjungen kamen neugierig angelaufen. Auf einer brachliegenden Weidefläche ließ ich Boogie schließlich los. Er fing unbekümmert an zu tanzen. Meine Freunde und ich tanzten johlend mit.

Ich brachte Boogie bei, durch einen Reifen zu springen – so wie die dressierten Bergziegen auf dem Jemaa-El-Fnaa, dem Markt in Marrakesch, wo sich die Gaukler treffen und auf dem wir kurz zuvor mit der Familie gewesen waren. Wenn ich mit der Zunge schnalzte, kam er angelaufen und stieß mit dem Köpfchen gegen meinen Bauch. In einer kalten Nacht hörte ich ihn blöken. Ihn draußen zu lassen, konnte ich nicht übers Herz bringen. Ich nahm ihn mit zu mir ins Bett. Adnane, der im selben Zimmer schlief, bestach ich mit einem Beutel Murmeln. So hielt er zumindest den Mund. Auch als meine Mutter fragte, wo um alles in der Welt die getrockneten Köttel auf dem Bettlaken herkamen.

Eines Tages kam ich von der Schule nach Hause. Es war der letzte Tag des Ramadan. Ein großer Festtag! Ich schleuderte mein Bündel Bücher zwischen die aufgeschreckten Hühner und schnalzte mit der Zunge. Boogie antwortete nicht.
　Er war nicht unter dem Feigenbaum. Auch in der Kuhle mit Stroh lag er nicht, und der Gemüsegarten sah tadellos aus.
　Hatte Adnane ihn mitgenommen?
　»Er ist verschwunden, mein Junge. Über den Zaun gesprungen«, sagte meine Mutter, während sie sich die Hände an der Schürze abwischte. »Du hättest ihm das Kunststückchen nicht beibringen sollen.«
　Abends beim Fest saß ich schmollend am Küchentisch. Mein kleiner Bruder Tarek ärgerte mich mit einem Spielzeugakrobaten, den er vor meiner Nase hoch- und runterwippen ließ. Ich schob ihn weg. Ich selbst hatte eine Giraffe aus Holz geschenkt bekommen. Die hatte ich an der Mauer des Innenhofes kaputt geschlagen.
　»Wie lieb Omar aussieht, wenn er böse ist!«
　»Der Schmollmund, richtig süß.«
　»Und die langen Wimpern, wie ein Mädchen!«
　Meine Mutter und meine Tanten quasselten drauflos.

Weil wir noch nicht beschnitten waren, aßen Tarek und ich mit ihnen zusammen in der Küche und nicht mit den Männern im Wohnzimmer.

»Schau mal, wenn er böse ist, bekommt er immer diese kleine geschwollene Ader auf der Stirn.« Meine Mutter schöpfte den dampfenden Kuskus in eine Schüssel. In die Mitte legte sie als Krönung einen kleinen gekochten Schafskopf.

Ein Stich ging mir durch die Magengrube.

»Ihr habt Boogie ermordet!«, schrie ich.

»Hör auf zu quengeln«, schimpfte meine Mutter. »Das Fleisch habe ich heute Mittag in der Medina gekauft, bei Faruk.«

»Faruk?«, keifte eine der Tanten dazwischen, »der ist doch nach Frankreich ausgewandert!«

»Nein, nein, er hat kein Visum bekommen. Aber sein Bruder Achmed, der ist nach Belgien gegangen. Da soll es noch besser sein als in Frankreich.«

So erstickten die Frauen meinen Protest mit ihrem Geschnatter. Diese Solidarität unter Frauen ärgert mich manchmal noch heute. Wie sie sich automatisch zusammentun gegen die Männer, egal wie jung sie noch sind. Damals war ich eifersüchtig auf sie. Sie konnten sich in meinen Augen alles erlauben. Ihre Hände mit Henna bemalen. Sich herausputzen mit funkelnden Armreifen und Ohrringen. Beim Lachen glucksende Geräusche mit der Kehle machen. Zusammensitzen und tratschen über ihre Männer und Söhne. Sich über sie lustig machen.

Ich ging ins Wohnzimmer und beklagte mich bei meinem Vater. Der erzählte mir jedoch die gleiche Geschichte wie meine Mutter. So viel zur Solidarität unter Männern. Auf jeden Fall aß ich nichts von dem Lammfleisch.

Am nächsten Tag versteckte ich mich in Boogies Schlafkuhle, anstatt zur Schule zu gehen. Meine Mutter kam nach draußen. Ich blieb mucksmäuschenstill. Sie legte einen weißen Lappen über den Rand des Brunnens. Wasser tropfte herab.

Wie normale Wäsche sieht das nicht aus, dachte ich. Als sie wieder im Haus war, sah ich nach. Sofort erkannte ich den braunen Halbmond ...

Ich hasse sie alle, schoss es mir durch den Kopf. Ich rannte mit dem Fell in der Hand durch das Tor nach draußen. Tränenblind stieß ich mit dem Karren des Gemüsehändlers zusammen. Ich stand wieder auf, aber ich fühlte etwas Nasses von meiner Nase nach unten laufen. Ich schmeckte Blut. Der Verkäufer fasste mich am Kinn, wollte etwas sagen, aber als er mich ansah, wurde er kreidebleich. Seine Augen sprangen nach oben wie Kohlensäure in einer Limonade. Dann plumpste er wie ein Sack zwischen die Tomaten. Auch das noch, ich muss weg von hier, weit weg. Am besten flüchten. Nach Belgien. So wie Achmed. Ich schnappte mir noch einen Granatapfel vom Karren und rannte fort.

Schließlich kam ich zum leeren Strand. Es war mittlerweile Mittag. Ich schälte den Granatapfel. Zu Hause würden sie sich jetzt langsam Sorgen machen. Sie hätten mich eben nicht anlügen dürfen. Das Fell von Boogie war mit Blut verschmiert. Im Meer versuchte ich, es sauber zu waschen. Mit dem Ergebnis, dass das ganze Fell ausbleichte.

In Belgien gibt es bestimmt ein Waschmittel, das stark genug ist, dachte ich. Und wenn ich nur lange genug an der Küste entlanggehe, komme ich wie von selbst nach Belgien.

Ich lief eine ganze Weile, so lange, bis die letzten Häuser von Casablanca nur noch kleine Punkte waren. Dann kletterte ich auf einem schmalen Pfad die Felsen hinauf. Die Sonne stand tief, und eine kräftige Brise kam auf. Die Felsen strahlten noch Wärme ab. Ich setzte mich. Aß die letzten Kerne von meinem Granatapfel. Plötzlich wehte mir etwas vor die Füße. Eine schwarze Badehose. Ganz neu, mit einem grünen Bändchen drin. Ich hob sie auf. Hinter einem hohen Felsen hörte ich ein lang gezogenes Stöhnen. Ein Seufzer, kurze Stille, dann wieder Stöhnen. Ich kletterte auf den Felsen und sah in einer Sandkuhle einen großen blonden Mann mit dem Rücken zu mir auf der Seite liegen. Er hatte keine Kleider an. Sein Hintern war so weiß wie der Mond. Neben ihm lag noch jemand, denn eine dunkle Hand streichelte ihm über den Rücken. Kurz wurde ein schwarzer Haarschopf sichtbar. Atemlos sah ich, wie der dunkle Kopf langsam an der Brust des blonden Mannes entlangglitt und auf der Höhe des weißen Mondes innehielt. Wieder das leise Stöhnen. Ich wollte mehr sehen und kletterte höher. Ein Stein kullerte nach unten. Genau gegen die weißen Backen. Der Mann drehte seinen Kopf, sah mich und erschrak. Er rief etwas in einer Sprache, die ich nicht verstand.

»Ich hab nichts gesehen«, wollte ich sagen, doch bevor ich meine gelähmte Zunge bewegen konnte, stand der schwarze Lockenkopf schon neben mir. Er sah die Badehose.

»Die hab ich verloren«, lachte er. »Nett von dir ...«

Der blonde Mann konnte nicht darüber lachen. Sie stritten sich kurz, dann beruhigte er sich. Der junge Marokkaner fragte, wie ich zu dem Schnitt an meiner Stirn gekommen bin. Während wir im Jeep zurückfuhren und ich stolz allen Fußgängern zuwinkte, erzählte ich meine Geschichte. Der blonde Mann ließ uns in einem Viertel außerhalb von Casablanca aussteigen. Er steckte seinem Freund ein paar Geldscheine in die Hand und brauste los. Der junge Mann brachte mich auf seinem Fahrrad nach Hause. Die Badehose durfte ich behalten, unter einer Bedingung: Ich dürfte niemanden erzählen, was ich zwischen den Felsen gesehen hatte.

Meine Mutter weinte erleichtert. Aber es war das erste Mal, dass ich meinen Vater so wütend sah. Trotz der Badehose, die ich ihm schenkte.

Niemand von uns brauchte noch eine Badehose, als wir einige Jahre später die Weite des Ozeans mit jener der Wüste tauschten. Mein Vater war Unteroffizier im marokkanischen Heer. 1979 wurde er in ein Gebiet versetzt, das an die Westsahara grenzte, dort, wo die Widerstandsgruppe Polisario operierte. Wir landeten in dem Städtchen Guelmim. Mit dem klapprigen Militärlastwagen dauerte die Fahrt von Casablanca drei Tage. Für mich und meine Geschwister war die Reise ein Fest: Wir saßen auf der Ladefläche auf einem meterhohen Stapel aus Hausrat. Die Landschaften, die Dörfer und die Menschen – alles war neu und aufregend.

Von unserem neuen Haus waren wir weniger begeistert: ein kahler Betonblock zwischen anderen identischen Betonblöcken, hastig von der Armee hochgezogen. Als der Lastwagen quietschend zum Stehen kam und uns mit einer Staubwolke einhüllte, bemerkte ich einen Jungen in meinem Alter, der lässig an der Fassade unseres Hauses lehnte. Als ob er der Besitzer wäre. Ich sprang von der Ladefläche und ging auf ihn zu. Seine braunen Augen sahen mich frech an. Ich baute mich vor ihm auf, aber er grinste bis über beide Ohren und sagte: »Ich heiße Abdel, und ich will dir was zeigen.«

Er nahm mich mit zu einem großen Haus mit einem seltsam spitzen Dach. Durch ein Loch im Zaun krochen wir in den Garten. »Hier müssen wir vorsichtig sein«, sagte Abdel. Er zog mich hinunter auf den Boden. Bäuchlings robbten wir durch das Gras bis zu einem Stall aus starkem Hühnerdraht. Ein merkwürdiges Geräusch ließ mich innehalten.

»Was ist das?«, flüsterte ich Abdel zu.

Er lächelte geheimnisvoll und zeigte in eine Ecke des Stalls. Da sah ich vier rosa Tiere, die mit Schlamm und Dreck beschmiert waren. *Halouf* ... die unreinen Tiere. Ich hatte sie schon im Fernsehen gesehen, in schwarzweiß, aber ich wusste nicht, dass sie so eine lächerliche Farbe hatten. Und dass sie so stanken.

»Hier wohnen Franzosen«, sagte Abdel. »Die Schweine mästen sie mit Essensresten, bis sie fett sind, und dann ... essen sie sie auf.«

»Wie widerlich!«

»Darum sehen die Franzosen so rosa aus. Ihr Hintern sieht so aus.« Er zeigte auf einen Schweinehintern. »Und sie sind genauso schmutzig. Jean-Louis, ihr kleiner Sohn, ist nicht beschnitten. Der stinkt vielleicht!«

Ich schluckte. Zum Glück war ich inzwischen auch beschnitten. Abdel, der merkte, dass seine Geschichte Eindruck auf mich machte, hörte gar nicht mehr auf. »Einmal waren die Franzosen nicht zu Hause. Als der marokkanische Gärtner die Essensreste aus der Küche holte, fand er eine Flasche Wein. Er trank sie leer und ging dann die Schweine füttern. Er war so betrunken, dass er im Schweinestall auf dem Stroh einschlief ... Das Einzige, was sie noch von ihm fanden, waren Blutflecken auf dem Stroh und an den Rüsseln der Schweine. Sie hatten ihm die Kehle durchgebissen und ihn mit Haut und Haaren verschlungen.«

Während Abdel erzählte, war eines der Fettmonster ganz nah an den Zaun gekommen. Ich drückte mich tiefer ins Gras. Das Schwein schnüffelte neugierig in unsere Richtung. Es hatte unschuldige blaue Augen und zarte rötliche Wimpern. War das ein Menschenfresser? Plötzlich sprang Abdel mit einem lauten Schrei auf. Das Schwein sprang erschrocken zurück. Im Nu war der ganze Stall in heller Aufregung.

Überall Quieken und Grunzen. Schon kam der Franzose wutentbrannt angelaufen.

Abdel verschwand wie eine Eidechse durch das Loch im Zaun. Ich lief ihm hinterher. Mein Ärmel verhakte sich im Hühnerdraht. Fieberhaft versuchte ich mich zu befreien, aber der Franzose packte mich schon am Ohr.

Jetzt wird er mich bestimmt an die Schweine verfüttern, schoss es mir durch den Kopf. Ich kreischte noch lauter als die Schweine. Aber er brachte mich nach Hause und beschwerte sich bei meinem Vater. Zum Glück war der mit dem Ausladen beschäftigt, doch der Blick, den er mir zuwarf, jagte mir gewaltige Angst ein.

※

»Komm mit an Deck, frische Luft schnappen«, schlägt Mohammed vor. Ich folge ihm zum Bug. Der Nebel hat sich aufgelöst, und die fahle Sonne steht hoch am Himmel. Wir sind auf hoher See.

»Gleich sehen wir die marokkanische Küste«, sagt Mohammed, während er sich die Hände reibt. »Ich kann die Heimat schon riechen.« Er ergreift die Reling und stellt sich mit beiden Beinen fest auf die Planken. Er späht in die Ferne, aber da noch kein Land zu sehen ist, wendet er den Blick zu mir. Er mustert mich von oben bis unten.

»Wir kommen aus der Gegend von Oujda. Wo wohnt deine Familie?«

»In Casablanca. Der größte Teil zumindest«, antworte ich. Mohammed nickt, aber seine Zungenspitze fährt unruhig über seine Oberlippe. Er kneift die Augen zusammen und fragt: »Aber wie kommt es, dass du Berberisch sprichst?«

Ich lächle. »Wir haben eine Zeitlang in Guelmim gewohnt. Da sprachen fast alle Berberisch.«

Noch einmal schiebt sich die neugierige Zungenspitze aus seinem Mund, doch bevor er eine weitere Frage stellen kann, hört man aus der Türöffnung die Stimme seiner Frau: »Mohammed, komm und hilf uns suchen. Wir können die Zugfahrkarten nirgends finden!«

Mohammed hebt die Hände gen Himmel und schlurft nach drinnen.

※

Guelmim, das Tor zur Sahara. Die lang gestreckte Oase, die an die kleine Stadt grenzt, kannten Tarek und ich nach ein paar Wochen wie unsere Westentasche. Wir wollten weiter. Sehen, was hinter der großen Düne am Rande der Oase lag. In die Wüste. Meine Mutter fand das viel zu gefährlich.

»Warte, bis dein Vater wieder da ist, der kennt die Wüste«, sagte sie.

Mein Vater war zur Kaserne in das Problemgebiet im Süden abkommandiert worden, mehr als hundert Kilometer von uns entfernt. Nur ab und zu bekam er Urlaub.

Als er das erste Mal nach Hause kam, quengelten wir so lange, bis er nachgab. Trotz der anstrengenden Wochen, die er hinter sich hatte. Um sechs Uhr morgens weckte er uns mit einer echten Trompete von der Armee. Überflüssiger Drill, fand Adnane, der widerwillig aus dem Bett kroch. Meine Mutter wickelte uns einen Turban um den Kopf, damit wir vor der prallen Sonne geschützt waren. Wir sahen aus wie arabische Sultane.

Adnane lachte uns aus. Er wolle zu Hause bleiben, um die Frauen zu verteidigen, prahlte er.

So liefen wir ohne Adnane in der Morgendämmerung wie echte Nomaden. Mein Vater vorne, ich hinter ihm und Tarek hinter mir. Auf einem steinernen Meer stiller Unendlichkeit. Dem Horizont entgegen. Um die Mittagsstunde wurde es zu heiß. Wir machten Halt bei einem Kaktushain.

»Wir haben Glück«, sagte mein Vater. »Die Kaktusfeigen sind reif.« Er öffnete seinen Proviantbeutel und holte ein Tuch hervor, das er über die Spitzen der Kakteen spannte. So hatten wir Schatten. Zu unserem Erstaunen hatte er auch ein Messer und Handschuhe bei sich, um die Kaktusfeigen zu schälen. Wir ließen sie uns schmecken, während er uns von Skorpionen erzählte, die sich in dunklen Ecken der Kaserne versteckten, von der gelb geringelten Uräusschlange, die er in seinem aufgerollten Schlafsack gefunden hatte, von dem Mörser der Polisario, der ein Loch in die Mauer des Waffenlagers geschossen hatte.

Wir hingen an seinen Lippen, bis er zu Ende erzählt hatte und sich für einen Mittagsschlaf hinlegte. Dann rannten wir eine Düne hinauf und spielten Soldaten. Wir rächten uns an den Widerstandskämpfern, die sich hinter den Sandhügeln verschanzt hatten. Als mein Bruder einen Hubschrauber mit einem Maschinengewehr abschoss und ich dabei war, einen Konvoi in die Luft zu jagen, sah ich am Horizont einen weißen Fleck, der sich vom gelben Sand abhob. Der Fleck flimmerte in der Hitze und bewegte sich langsam in unsere Richtung.

»Tarek, da hinten, Polisariokämpfer. In weißen Uniformen. Auf weißen Kamelen!«

»Du Trottel, die feindlichen Soldaten haben keine weißen Kamele!« Tarek zuckte mit den Achseln und schoss weiter auf Hubschrauber; offensichtlich dachte er, dass der Feind – wenn schon keine Kamele – dann doch wenigstens Hubschrauber zur Verfügung hat! Erst als die feindliche Maschine brennend abgestürzt war, zeigte er Interesse. Wir rüttelten unseren Vater wach, aber der konnte uns auch nicht sagen, was der weiße Fleck zu bedeuten hatte.

»Wahrscheinlich eine Fata Morgana«, beschloss er.

»Lass uns hingehen!«, rief ich.

»Dummkopf«, seufzte mein Vater, »es ist eine Luftspiegelung«, und er erklärte uns, was das ist.

Aber für mich war es echt. Das sagte mir meine Intuition als Nomade. Am nächsten Tag sah ich meine Gelegenheit gekommen. Wir hatten einen Tag frei. Mein Vater war zurück in der Kaserne, und meine Mutter half den ganzen Tag bei der Hochzeit eines Mädchens aus der Nachbarschaft.

Bei Sonnenaufgang zog ich ganz allein in die Wüste, mit einer Handvoll Datteln und einem Wasserschlauch aus Leder.

Von der Düne aus spähte ich in die Ferne. Ich sah den weißen Fleck, der nun ein Stückchen näher war. Ich musste bloß hingehen. In meinem Eifer legte ich die ersten Kilometer rennend zurück. Keuchend musste ich anhalten, um zu trinken. Der weiße Fleck schien noch immer genauso unerreichbar, und der Wasserschlauch war halb leer. Ich schritt weiter, immer langsamer. Meine müden Augen waren wie geschmolzen. War der Fleck jetzt nicht ein bisschen näher? Die Hitze wurde unerträglich. Ich musste mich ausruhen, um zu Kräften zu kommen. Ich ließ mich unter einem Felsen nieder, wo es kühl war. Die Datteln schmeckten gut. Ich aß sie alle auf und streckte mich lang aus. Mein Körper versank langsam im feinen Sand. Eine Brise flüsterte leise durch die Felsspalten: Vorsicht vor den Uräusschlangen, die verstecken sich unter dem Sand. Meine Beine waren schwer wie Blei, meine Arme hilflose Stummel, ich konnte mich nicht mehr bewegen. Aus dem Flüstern wurde eine Klagelied. In sanften Wellen, strahlend weiß wie Milch, schwebte der Fleck über mir im Himmel. Dann wurden meine Beine leichter. Meine Arme befreiten sich aus dem Sand. In meinen Ohren summte es, und ein warmer Luftstrom saugte mich nach oben, langsam nach oben, immer näher zu dem weißen Fleck. Ich fliege, dachte ich. Herrlich. Ich wollte, dass es nie aufhört. Bis ein nasser, klammer Lappen über mein Kinn rieb. Ich hörte ein Hecheln und roch einen heißen Atem auf meinem Gesicht. Zwei grüne Augen schauten mich furchterregend an. Das Herz schlug mir bis zum Hals.

»Yasser, aus! Yasser, komm hierher!«, hörte ich es aus der Ferne rufen.

Yasser leckte mir noch einmal die Nase und trottete schwanzwedelnd weg. Ich kroch unter dem Fels hervor. Der Hund saß nun neben seinem Herrchen, der mich mit zahnlosem Mund auslachte.

»Hast du vielleicht ein Wüstengespenst gesehen?«, schüttelte er sich. »Du bist ja leichenblass!«

Er war spindeldürr und seine Haut dunkelbraun und faltig wie ein getrocknetes Tabakblatt. Mit seinen Segelohren konnte er glatt durch die Wüste segeln, und seine Kleider waren so abgetragen, dass sie ihm beim kleinsten Windstoß vom Leib gepustet worden wären. Und dann sein Hund, der eher aussah wie ein Wolf ... Ich fühlte mich nicht wohl.

»Ich heiße Abdellah. Du brauchst keine Angst zu haben«, sagte er, als er auf mich zukam. »Ich fresse keine Kinder. Da ist zu wenig Fleisch dran.« Wieder brach er in Gelächter aus.

Seine Hand voll dicker blauer Adern streichelte mir übers Haar. Ich kauerte mich zusammen.

»Deine Locken könnte ich schon brauchen. Sei froh, dass schwarze Wolle sich nicht gut verkauft.« Wieder das Lachen. Ich wollte weglaufen, aber meine Beine schliefen noch. Ich fiel längs hin auf den Boden und bekam eine Handvoll Sand in den Mund. Meine Kehle war so trocken, dass ich noch nicht einmal spucken konnte. Abdellah half mir auf und gab mir zu trinken. Ich bekam auch herrliche getrocknete Aprikosen. Erst als ich genüsslich am Kauen war, sah ich die Schafherde, die sich hinter dem Felsen niedergelassen hatte.

»Hundertsechsundsechzig Stück sind es«, sagte Abdellah. »Wir kommen aus dem Bani-Tal, fünf Tagesreisen von hier. In Guelmim verkaufe ich meine Wolle.«

»Welche Wolle?«, fragte ich naiv.

»Die Wolle, die hier auf sechshundertvierundsechzig Beinen herumläuft«, grinste Abdellah. Dann wurde die Faltenlandschaft auf seiner Stirn auf einmal ernst. »Es wird Zeit, dass wir die nächste Oase erreichen. Sie müssen dringend grasen und trinken.«

Ich erzählte ihm, wo ich wohnte, und mit der Herde vor uns machten wir uns auf den Weg. Abdellah kannte keine Müdigkeit. Unterwegs machte er weiter Witze. Aber nun, da sein Spott sich nicht mehr gegen mich richtete, fand ich ihn ganz nett.

Erst nach Sonnenuntergang erreichten wir Guelmim. An der Oase nahm ich Abschied von Abdellah. In unserem Viertel war die Hochzeit noch in vollem Gang. Die Tische auf dem Platz waren noch nicht leer geräumt. Im allgemeinen Festtagsrummel hatte offenbar niemand etwas von meiner Abwesenheit bemerkt. Ich war ausgehungert und stürzte mich auf die Reste. Die Feiernden tanzten vor dem Haus des

Brautpaares. Als sie gerade lautstark jubelten wegen des blutigen Lakens, das die Mutter der Braut stolz aus dem Fenster hielt, fuhr ein Militärjeep auf den Platz. Die Soldaten, die heraussprangen, schrien aufgeregt durcheinander: »Eine Einheit der Mabira-Kaserne!«
»In einem Minenfeld!«
»Ein Hinterhalt der Polisario!«
»Kein einziger Überlebender!«
»Rache!«
Meine Mutter räumte gerade einen Tisch ab. Sie erstarrte. Die Obstschale fiel ihr aus der Hand, und sie griff sich an den Bauch, als hätte sie heftige Krämpfe. Regungslos starrte sie auf die auseinanderplatzende Wassermelone zu ihren Füßen.

Mein Vater hatte am Tag zuvor angerufen, um zu sagen, dass er mit seiner Einheit auf Patrouille ging. Das siebte Regiment der Mabira-Kaserne. Ein geheimer Auftrag in feindlichem Gebiet.

Ich lief zu meiner Mutter, nahm sie bei der Hand und brachte sie nach Hause. Sie schloss sich ins elterliche Schlafzimmer ein. Die ganze Nacht hörten wir sie wimmern, während wir Kinder im Wohnzimmer stumpfsinnig und regungslos vor uns hinstarrten. Am Morgen herrschte eine unheimliche Stille im Schlafzimmer meiner Eltern. Maryam, meine älteste Schwester, die damals dreizehn war, weckte die beiden Kleinsten und machte Frühstück. Sie verbot, unsere Mutter zu stören.

Erst zur Mittagszeit des darauffolgenden Tages kam meine Mutter leichenblass, aber entschlossen heraus.

»*Inch' Allah*«, seufzte sie tief. Sie band sich eine Schürze um und ging in die Küche, um das Essen zu machen.

Nach einer Woche bekamen wir die offizielle Nachricht, dass mein Vater vermisst wurde. Seine Vorgesetzten gingen davon aus, dass er einer der zahllosen Soldaten war, die auf dem Minenfeld auseinandergerissen worden waren. Hunderprozentig sicher waren sie nicht, es war unmöglich, alle übrig gebliebenen Körperteile zu identifizieren.

»Sie haben selbstverständlich Anrecht auf eine Witwenrente und eine Ehrenmedaille, verliehen im Namen von Hassan dem Zweiten«, wusste der Unglücksbote uns noch mitzuteilen.

Die Witwenrente war kaum ausreichend, um eine kleine Familie zu ernähren, geschweige denn sechs hungrige Mäuler zu stopfen. Aber meine Mutter warf die Flinte nicht ins Korn. Sie fing als Köchin bei der Familie eines Obersts an. Maryam kümmerte sich um den Haushalt. Adnane und ich, zwölf und neun Jahre alt, trugen auch zum Lebensunterhalt bei. Die Schule war nicht mehr notwendig. Lesen und Schreiben konnten wir schon, der Rest war Nebensache.

Adnane fing als Lehrjunge beim Schneider an. Ich verkaufte in den Teehäusern und auf der Straße Kaugummis und einzelne Zigaretten. Viel brachte es nicht ein, und ich hasste dieses Hausieren. Aber an meinem zweiten Arbeitstag traf ich Abdellah.

»Ich kann eine Hilfe gut gebrauchen«, sagte er. »Ich habe einen Handel abgeschlossen mit einem Wollhändler aus Agadir. Ich muss nächste Woche schon alles abliefern, und in meinem Alter ...«

Mir wurde die kleinste Wollschere in die Hand gedrückt, und ich konnte anfangen. Während ich scherte, erinnerte ich mich an Boogie. Sein Fell mit dem nicht auszuwaschenden roten Fleck wärmte mich noch immer in kühlen Nächten. Ich hörte wieder sein fröhliches Blöken. Sah ihn wieder in den Armen meines Vaters. Seltsam, aber an das Gesicht meines Vaters konnte ich mich auch mit der größten Mühe nicht mehr erinnern. Deutlich sah ich seine Uniform mit den glänzenden Knöpfen und den Streifen eines Unteroffiziers, aber über seinem Hemdkragen war nicht mehr als ein klaffendes Loch, aus dem ein dunkle Rauchfahne emporstieg.

Für mein erstes Schaf brauchte ich länger als eine Stunde. Ich hatte Mitleid mit ihm. Nackt lag es mitten in seinem eigenen geschorenen Fell und blökte kläglich. Vergeblich versuchte es, sich aus den Schlingen um seine Beine zu befreien.

»Kein einziger Schnitt«, bemerkte mein Meister. »Du bist angenommen, aber du musst lernen, schneller zu arbeiten.«

Nach einer Woche liefen alle Schafe in ihrem Sommerkleid herum, und die Wolle hatte sich angehäuft zu einem Berg, der mir bis über den Kopf reichte. Abdellah gab mir meinen Lohn und sagte dem Mann aus Agadir Bescheid. Ich sollte auf die Schafe und die Wolle aufpassen, zusammen mit seinem Hund Yasser. Überglücklich mit meinem Geld sprang ich in die Wolle. Yasser sprang mir hinterher. Wir tollten in dem flauschigen Haufen herum, bis wir gänzlich darin verschwanden. Zum ersten Mal seit mein Vater weg war, war ich wieder fröhlich. Als ich wieder aus dem weißen Meer aus Wolle auftauchte, sah ich in der Ferne zwei Gestalten heranhumpeln. Einer von ihnen kam mir bekannt vor. Seine Art zu laufen ... wie er seine Augen mit der Hand vor der Sonne schützte. Sie kamen näher. Er war es. Fast nicht wiederzuerkennen mit dem Vollbart, den verbrannten Wangen und den aufgesprungenen Lippen. Ich wollte ihm um den Hals fallen, aber blieb wie gelähmt in dem Wollhaufen sitzen. Hatte er etwas gemerkt von meiner unangebrachten Ausgelassenheit? Er war nun ganz nah und schaute mich an. Sein Blick war stumpf und leer. Der junge Soldat, der ihn begleitete, stürzte sich auf den Wasservorrat von Abdellah.

Ich kroch aus dem Wollberg und zupfte mir unbeholfen die Fusseln aus Ohren und Haaren. Ich brachte ihm schnell einen Krug Wasser. Ihn etwas zu fragen, traute ich mich nicht.

»Komm, mein Sohn, wir gehen nach Hause«, sagte er, nachdem er den Krug leer getrunken hatte. Unterwegs sprach er kein Wort. In den Straßen unseres Viertels grüßte er niemanden.

Auch lange nachdem er sich wieder erholt hatte von seinem Überlebenskampf in der Wüste, erzählte er niemandem, wie er der Schlacht entkommen war. Das Einzige, was ich ein paar Monate später darüber hörte, war, dass er vor dem Militärgericht eine Erklärung abgeben musste und dass er wieder in der Mabira-Kaserne anfangen konnte.

Das Leben ging wieder seinen gewohnten Gang. Adnane gefiel seine Arbeit, und er wollte nicht mehr zurück in die Schule. Ich war nur zu froh, dass ich zurückdurfte, genau wie Maryam. Ansonsten war alles und jeder wieder so wie früher – außer meinem Vater. Spazieren gehen mit uns war nicht mehr drin. Geschichten erzählen ebenso wenig. Die ganze Zeit saß er neben der Haustür und starrte mit abwesendem Blick vor sich hin, während er eine Zigarette nach der anderen rauchte. Ein kurzes Kopfnicken, zu mehr war er gegenüber vorbeigehenden Nachbarn nicht fähig. Und dann hatte er noch seine Wutanfälle.

Meistens war ich das Opfer. An das erste Mal erinnere ich mich noch sehr genau. Es war ein paar Tage, nachdem er vor dem Militärgericht erschienen war. Bevor er nach Agadir zum Gerichtshof reiste, hatte er mir noch eine Arbeit aufgetragen. Ich sollte die abgeblätterte Tür der Waschküche neu streichen. Nach zwei Tagen schleifen konnte ich anfangen. Ich wollte es unbedingt gut machen. Ein ganzer Tag, um eine Tür zu streichen, war zwar ein bisschen übertrieben, aber das

Ergebnis konnte sich sehen lassen: Die Farbe hatte gut gedeckt, und auf dem Boden waren keinerlei Flecken.

»Gut gemacht, mein Junge, dein Vater wird zufrieden sein«, sagte meine Mutter im Vorbeigehen.

Mein Vater kam nach Hause und begutachtete meine Arbeit.

»Nicht schlecht«, murmelte er. Dann ging er ein bisschen näher heran. »Aber was soll das hier sein?«

Jetzt erst merkte ich, dass überall getrocknete Tropfen auf der Tür waren. Ich hatte die Farbe nicht gut genug verstrichen.

»Wie kannst du nur so ungeschickt sein? Sogar deine Schwestern hätten es besser machen können!«

Er warf mir einen tadelnden Blick zu und ging in die Waschküche. Sofort kam er mit dem Pinsel und dem halbvollen Topf Farbe in der Hand wieder heraus. Seine Augen sprühten Feuer.

»Und was hat das hier zu bedeuten?«

Er hielt mir den Pinsel drohend unter die Nase. Den hatte ich ganz vergessen, sauber zu machen. Er war ganz hart, nicht mehr zu gebrauchen. Und den Topf Farbe hatte ich vergessen zuzumachen. Eine dicke Schicht lag obendrauf. Mein Vater schleuderte den Pinsel in den Garten. Er holte mit seiner flachen Hand aus. Ich konnte mich gerade noch ducken und sauste weg. Er warf mir den Farbtopf hinterher, verfehlte mich aber. Der blaue Brei klatschte auf die Fliesen des Gartenwegs. Jetzt wurde er noch wütender und brüllte. Ich wollte ihm alles erklären. Aber er stürzte auf mich zu. Ich flüchtete. Rutschte auf der Farbe aus. Er packte mich am Kragen und keuchte mir ins Gesicht. Drohend und mit schneidender Stimme sagte er: »Wie oft habe ich dir gesagt, dass du mein Werkzeug nicht rumliegen lassen sollst!«

Ich begann, wie ein Wahnsinniger zu zappeln, während er sich mit seiner freien Hand den Gürtel losmachte. Er wollte mir die Hose herunterziehen, aber durch mein Gezappel rutschte er auf dem blauen Matsch aus. Sein Kopf schlug auf die Fliesen. Er fluchte wütend. Ich rannte um die Ecke und stieß mit meiner Mutter zusammen, die gerade angelaufen kam. Noch bevor sie den Mund aufmachen konnte, kam er angestoben. Wie der Teufel in Menschengestalt. Rasend vor Wut. Ich flitzte in mein Zimmer. Er schubste meine Mutter zur Seite und raste hinter mir her. An der Treppe holte er mich ein. Mit einem kräftigen Tritt in den Hintern schleuderte er mich drei Stufen nach oben. Der Schmerz verlieh mir Flügel. Es gelang mir, mein Zimmer zu erreichen und ihm die Tür vor der Nase zu verriegeln.

»Das machst du extra!«, schrie er. »Um mich zu ärgern!«

Ich fiel aufs Bett und wimmerte. Es war, als hätte sich sein Fuß bis in meine Gedärme gebohrt.

»Delfine! Dahinten! Zwei, nein, drei!«
»Papa, komm und schau sie dir an!«

Schrille Kinderstimmen schrecken mich aus meinen Gedanken hoch. Die Enkel von Mohammed zwängen ihren Kopf durch die Gitterstäbe der Reling. Sie zeigen auf die Delfine, winken ihnen zu und glucksen vor Freude. Von einer Bank starre ich stumpf zu dem jungen Vater hin, der seine beiden jüngsten Kinder hochnimmt. Ihre runden Wangen schmiegen sich gegen seinen Bart. Eine doppelte Umarmung. Ich höre die leise Stimme des Vaters. Zärtliches Geflüster in Kinderohren.

Mir wird schlecht, und ich stürze zu den Toiletten. Gerade noch rechtzeitig. Das unverdaute Lammfleisch kommt in Sturzbächen wieder heraus.

Zurück an Deck komme ich zu mir. Langsam geht die Sonne unter. In der Ferne taucht der Hafen von Tanger auf. Drinnen sehe ich, wie Mohammed mit seiner Frau und seiner Tochter ihre Reisekoffer auf der Suche nach den Fahrkarten durchwühlen. Ich denke an meine Familie in Belgien und seufze tief. Unterwegs werde ich schon eine Lösung finden, dachte ich vor meiner Abreise. Aber alles ist verschwommen in meinem Kopf. Es will mir nicht gelingen. Ich schließe die Augen und konzentriere mich auf das Rauschen des Wassers vor dem Bug. Ich höre, wie Palmen im Wind singen und Bäche zwischen den Sträuchern entlangplätschern.

zwei

In der Oase von Guelmim setzt der Frühling mit all seiner Kraft ein. Was für eine Pracht! Überall Grün im Überfluss. Blüten mit schwerem Duft und klebrigen Stempeln. Dattelpalmen mit überbordenden Fruchtständen. Kreischende Vögel in den Kronen. Scheue Eidechsen, die in Felsspalten verschwinden. Ich war maßlos fasziniert, als ich es zum ersten Mal miterlebte. Damals traf ich auch Abdel. Nicht gleich einer meiner besten Freunde. Er hatte unser Abenteuer mit den französischen Schweinen an der Schule herumerzählt, so dass ich meinen Ruf als ›Angsthase aus der Stadt‹ schon weghatte, bevor ich in der Klasse erschien. Seitdem gingen wir uns aus dem Weg.

Abdel spuckte mir vor die Füße. »Was ist, Angsthase, gehst du mal wieder auf Jagd nach Fata Morganas?«

»Geht dich nichts an.«

»Hoho … der Hosenscheißer will es wissen.« Abdel kam näher.

»Lass mich in Ruhe«, sagte ich, indem ich einen Schritt zurücktrat.

Abdel runzelte hinterhältig die Stirn: »Ich wette, dass du dich nicht traust, hier durchzuschwimmen.«

Er zeigte auf eine Betonröhre, durch die glucksend Wasser strömte. Es wurde mit einer riesigen Pumpe aus einem Brunnen in der Nähe geholt, um die Oase zu bewässern. Das Wasser verschwand in der Röhre unter dem Boden und kam ungefähr fünfzig Meter weiter wieder an die Oberfläche, wo es in einem Palmenhain verschwand.
»Traust du dich denn selbst?«, fragte ich.
»Hab ich schon hundertmal gemacht. Meine Freunde können es alle.«
Er stemmte die Hände in die Hüften und setzte ein siegessicheres Grinsen auf.
Dieses Mal lasse ich mich nicht für dumm verkaufen, dachte ich. Nach meiner Reise in die Wüste habe ich vor nichts mehr Angst.
Ich zog meine Kleider aus und sprang in Unterhosen in das fließende Wasser. Um was wetten wir, wollte ich noch fragen, aber die Strömung war so stark, dass ich sofort in die Röhre gesaugt wurde. Es war stockfinster unter Wasser. Ich wusste nicht, wo oben und unten ist. Ich bekam keine Luft mehr. Meine Fingernägel krallten sich an den Beton. Vergeblich. Ich strampelte wie verrückt. Völlig verzweifelt hielt ich mich steif wie ein Brett. Ich bekam Wasser in die Nase. Es ist vorbei, dachte ich. In diesem Moment wurde ich ganz ruhig. Mein Körper entspannte sich. Eine heiße Glut lähmte meine Gedanken. Das war das Paradies, ich fühlte es. Gleich würde ich Allah sehen ... Doch ich kam gerade noch rechtzeitig mit meinem Kopf über Wasser. Oben in der Röhre war Luft. Ich ließ mich auf dem Rücken treiben und atmete. Als ich Licht am Ende der Röhre sah, kam mir eine Idee. Jetzt würde ich es Abdel heimzahlen. Ich nahm einen großen Atemzug und tauchte ganz unter. Ich ließ mich so lange treiben, wie ich es aushielt. Erst ein Stückchen weiter, im Palmenhain, kam ich

nach oben. Dort hievte ich mich an der Seite hoch. Hinter einer Palme beobachtete ich Abdel. Der stand da und starrte auf das Loch in der Röhre. Ratlos drückte er meine Kleider an sich und winselte wie ein unglücklicher Hund. Ab und zu rief er verzweifelt meinen Namen. Ich ließ ihn eine Weile schmoren und kam erst dann zum Vorschein. Abdel tanzte vor Erleichterung und sagte, dass es ihm leid täte. Er selbst war noch nie durch die Röhre geschwommen, gestand er.

»Schon gut«, sagte ich. »Komm, wir gehen auf Entdeckungstour in die Wüste.«

Das tat ich in letzter Zeit öfter allein, jetzt, da Tarek nur noch mit Fußball beschäftigt war. Er wollte ein zweiter Michel Platini werden. Stundenlang streifte ich über Sanddünen und zwischen Felsen, bis ich die Stille der Wüste ganz und gar in mich aufgesogen hatte.

Unterwegs plapperte Abdel ohne Unterbrechung über sich und seine Familie. Als wolle er die ganze Zeit, in der er mich gemieden hatte, wiedergutmachen. Plötzlich blieb er stehen.

»Wo sind wir?«

»In der Wüste, wo denn sonst?«, gab ich zur Antwort.

»Ja, aber wo? Wie heißt das hier?«

»Das weiß ich nicht, ist doch auch egal. Das ist ja gerade das Tolle an der Wüste.«

Seine Augen, die so groß wurden wie die eines Kamels, blickten panisch umher.

»Wir haben uns verlaufen!«

»Ach was, hinter der Düne liegt Guelmim«, beschwichtigte ich.

»Wo? Ich will jetzt zurück!« Er drückte mir seine Fingernägel in den Arm.

»Ganz ruhig, wenn wir unseren Fußspuren folgen, sind wir gleich wieder zu Hause.«

Ich konnte ihn nicht beruhigen. Wir machten kehrt.
Er flehte mich an, niemandem etwas von seiner Ängstlichkeit zu verraten.
»Ich schweige wie ein Grab«, versprach ich.
»Wir müssen unseren Eid mit Blut besiegeln«, sprach er feierlich.
Er nahm meine Hand und schnitt mit seinem Taschenmesser in meinen Daumen. Ein hellroter Tropfen glitzerte in der Abendsonne. Dann machte er dasselbe und presste unsere blutigen Daumen aufeinander.
»Jetzt sind wir für immer Blutsbrüder!«

Bald darauf brachte mein Blutsbruder mir bei, wie man ›Jagdlabyrinth‹ spielt. Er nahm mich mit zum Feld des alten Ali. Dem war es mit harter Arbeit und einem vernünftigen Bewässerungssystem tatsächlich gelungen, ein Kornfeld am Rande der Oase anzulegen. Es war riskant, auf sein Feld zu gehen, vor allem, wenn er gerade gesät hatte oder die Pflanzen noch klein waren. Wenn man erwischt wurde, musste man den Ziegenstall bis auf den letzten Köttel ausmisten. Aber sobald das Korn hochgeschossen war, saß Ali auf der Terrasse vom Teehaus Bizzaf und trank seelenruhig ein Glas Pfefferminztee nach dem anderen.
Das Korn stand sicher einen Meter hoch. Wir konnten loslegen. Derjenige, der den längsten Strohhalm zog, durfte anfangen. Abdel gewann. Während ich mit geschlossenen Augen abzählte, bahnte er sich einen Weg durch die Halme. Er legte so viel Schleifen und Sackgassen wie möglich an, um mich als Jäger auf die falsche Spur zu führen. Die Jagd verlief auf allen vieren. Abdel war rasend schnell. Im Nu legte er ein Labyrinth aus Wegen an. Ein Schlachtfeld mit niedergedrückten Halmen. Als ich ihn endlich einfing, wälzten wir uns hin und

her und rollten eine große Stelle platt. Schließlich gab er auf und legte sich wie ein totes Kaninchen mit den Pfoten nach oben auf den Rücken.

»Ich bin dein Sklave«, sagte er mit verschmitzt blitzenden Augen. Ich wusste nicht, was er meinte, aber Abdel ließ nicht locker. Genauso wie Boogie früher rieb er seinen widerborstigen Schopf an meinem Bauch. Dann zwängte er seinen Kopf unter mein Hemd und leckte gierig um meinen Bauchnabel herum. Lachend sträubte ich mich. Aber als ich ihn schließlich gewähren ließ, war ich wie benommen. Meine Bauchmuskeln entspannten sich und mein Glied wurde steinhart. Abdel machte das Band an meiner Hose los, spuckte in die Hand und rieb über meine Eichel.

»Was machst du?«, stammelte ich.

»Gut, oder? Darum haben sie die Haut weggeschnitten, damit man besser drüberstreichen kann.«

»Weiter«, sagte ich, während ich daran dachte, wie ich einmal an einen elektrischen Zaun gepinkelt hatte und mir der Strom bis in den Bauch kribbelte. Nur war es jetzt viel angenehmer.

»Und jetzt bin ich der Jäger«, johlte Adel, als er genug vom Rumfummeln hatte.

»Es muss wirklich ein großes Tier sein ... Oder ein Dämon! Die Hälfte meiner Ernte ist hinüber«, schimpfte der alte Ali im Teehaus. »Ich hätte das Feld nicht kaufen dürfen. Die Witwe war eine Hexe. Sie hat es verflucht!« Wir saßen hinter seinem Rücken und kicherten. Solange das Korn reifte, wagte sich Ali nicht in die Nähe.

Am Tag vor der Ernte ließ er das Feld vom örtlichen Wunderheiler besprechen. Solche Angst hatte er.

In diesem Sommer wurde im Korn oft gejagt. Und in den Sommern danach. Im Winter mussten wir uns etwas anderes einfallen lassen, um unbemerkt zu Gange zu sein. Abdel wusste wo. Moktar, sein Vater, war gleichzeitig Steinmetz und Totengräber von Guelmim. Abdel hatte einen Doppelschlüssel von der Leichenkammer gefunden und lockte mich dorthin. Es war ein unheimlicher Ort, und der Geruch, der dort hing, gefiel mir schon gar nicht. Aber wir hatten keine andere Wahl. Sobald sich Abdel an mich drückte, war ich mir jedoch weder Zeit noch Raum bewusst. Selbst wenn auf dem steinernen Tisch neben uns eine frische Leiche lag.

Einmal ging es beinahe schief. Ich stand schon mit runtergelassener Hose da, als Abdels Vater plötzlich hereinkam. Er erschrak und ließ einen großen Sack von seiner Schulter auf den Boden fallen.

»Was macht ihr hier in Gottes Namen?«, rief er. Ich stand da wie versteinert in meiner Unterhose, aber Abdel bewahrte einen kühlen Kopf.

»Omar hat sich beim Fußballspielen an der Pobacke geschnitten«, log er eiskalt. »Wir haben dein Desinfizierungsmittel benutzt.«

Moktar hob erleichtert den Sack vom Boden auf.

»Was ist in dem Sack drin?«, wollte Abdel wissen.

»Wieder einer, der durch einen Bombenanschlag der Polisario zerfetzt wurde.«

Er fragte sich noch nicht einmal, wie wir hereingekommen waren.

Abdel mochte vielleicht frühreif und schlagfertig sein, auf einem Gebiet war ich jedoch schneller. Eines Tages landete ein weißer Fleck in seiner Hand.

»Dein Pimmel hat heute Schnupfen«, lachte er.

Aber ich konnte nicht darüber lachen. Ich befürchtete das Schlimmste. Die weiße Flüssigkeit erinnerte mich an den

Schaum vor dem Mund meines Großvaters, kurz bevor er starb.

»Das ist der Anfang vom Ende«, hatte mein Vater damals gesagt.

»Es ist vorbei mit mir!«, rief ich. »Wir haben keinen Respekt vor den Toten. Das ist die Rache Allahs!«

Je ängstlicher ich wurde, desto mehr musste Abdel lachen. Er wusste es besser. Ein paar Wochen vorher hatte Moktar ihn mitgenommen, um einen Mann loszumachen, der sich erhängt hatte. Abdel musste sich ja so schnell wie möglich an das gruselige Handwerk gewöhnen, um später die Arbeit seines Vaters zu übernehmen. Und Abdel war ein sehr aufmerksamer Lehrling. Er hatte sofort den getrockneten Fleck in der Hose des Erhängten gesehen und danach gefragt.

»Das nennt man Samen«, hatte Moktar geantwortet. »Damit kann man Kinder machen im Bauch einer Frau.«

Wie das vonstattenging, erklärte er nicht, so sehr Abdel ihn auch löcherte.

Ich war auch neugierig, aber meinen Vater wagte ich nicht zu fragen. Die Kommunikation zwischen uns beschränkte sich in der letzten Zeit auf das Auftragen von Arbeiten. Und hinterher höchstens ein beifälliges Brummen. Ich war wahnsinnig eifersüchtig auf Adnane, der keine Arbeiten verrichten musste. Besonders wurmte es mich jedoch, dass sich mein Vater mit ihm unterhielt. Da saßen sie dann auf dem Treppenabsatz vor dem Haus. Die Stühle umgedreht, den Bauch gegen die Rückenlehne. Sie rauchten Zigaretten und diskutierten über ihre Arbeit. Wenn ich meinem Vater zufällig auf der Straße begegnete, kamen wir beide in Verlegenheit. Sollte ich *Salam* sagen, so wie man es mit Freunden und Nachbarn machte? Ich bekam es nicht über die Lippen. Auch ihm war es unangenehm. Wir taten dann so, als hätten wir uns nicht gesehen.

Schließlich erzählte mir Abdel, was es mit dem Samen auf sich hatte. Nachdem er mich zuvor ausgiebig ausgelacht hatte. In jener Nacht hatte ich einen Traum. Abdel und ich zogen gegen die Polisario ins Feld. Wir sahen wie Helden aus in unseren neuen Uniformen. Wir schlichen mit unserem Gewehr über der Schulter durch ein Kornfeld, das sich so weit ausdehnte wie die Wüste. Wir machten Halt. Abdel zeigte auf eine platt gedrückte Stelle im Feld. Ein aufgedunsenes Schwein stand da und knabberte an etwas. Wir kamen näher. Ein Menschenbein! Das Schwein hatte ein paar große Happen herausgebissen.

»Ein Polisarioschwein«, sagte Abdel. Er nahm sein Gewehr und legte an.

»Tu's nicht!«, rief ich, aber es war schon zu spät. Der Schuss ging los und traf das Schwein. Mit einem ohrenbetäubenden Knall explodierte es. Um uns herum regneten rosa Samenkörner nieder. Schweinesamen …

Überall schossen Ferkel aus dem Boden. Sie wuchsen zusehends und stellten sich drohend um mich herum. In Todesangst rief ich nach Abdel. Ich hörte überall sein Lachen, aber er war nirgends zu entdecken …

Ich als Soldat. Es hätte dazu kommen können. Wenn ich auf meinen Vater gehört hätte.

Ich höre ihn noch sagen: »Du wirst es noch bis zum Offizier bringen. Du bist ungeschickt, aber ein kluges Köpfchen, das hast du in der Schule gezeigt.«

Ich war damals fünfzehn, und wir waren zurück nach Casablanca gezogen. Wieder musste man sich an ein neues Haus gewöhnen, an eine neue Umgebung, an eine neue Schule. Mein Vater wollte mich zur Militärschule schicken. So eine Ausbildung kostete nichts. Alles wurde vom Staat bezahlt.

»Ich hab keine Lust«, murrte ich. »Warum geht Adnane nicht? Oder Tarek?«

»Adnane hat seinen Weg gefunden. Als Masseur wird er nicht reich, aber mit seinem Nebenverdienst schafft er es schon. Außerdem muss man mehr Grips im Kopf haben, um Offizier zu werden. Und Tarek … er gibt sich Mühe, aber interessiert sich nur für Fußball.«

»Aber du sagst, dass ich die ganze Zeit dasitze und träume. Dass ich zwei linke Hände habe.«

»Das stimmt. Es fehlt dir an Disziplin. Eine Portion militärischer Drill wird dir guttun.« Mein Vater presste die Lippen selbstsicher aufeinander.

Aber ich wollte weiter zur Schule gehen.

»Mann, bild dir doch nichts ein!,« brüllte er. »Ohne gute Beziehungen findest du später keine Arbeit! Mit oder ohne Abschlusszeugnis! Außerdem haben wir dafür kein Geld!«

»Für Geld werde ich schon sorgen«, sagte meine Mutter plötzlich. Mein Vater starrte sie so entgeistert an, als hätte sie die satanischen Verse ausgesprochen.

»So lange unsere Kinder unter unserem Dach wohnen, dürfen sie studieren. Oder arbeiten. Das ist ihre Entscheidung.« Ihr entschlossener Blick brachte meinen Vater zum Schweigen. Ich zwinkerte ihr voller Bewunderung zu. Eine Woche später fing sie als Putzfrau in einer Bank an. Jeden Morgen, ein paar Stunden bevor die Filiale öffnete. Über das Geld, das sie verdiente, bestimmte sie selbst. Ich meldete mich auf der weiterführenden Schule im Stadtzentrum an.

Die Bezirksschule in Guelmim war ein Kinderspiel gewesen. Hier in Casablanca lockten Wissenschaft, Literatur und Philosophie. Hier konnte ich mich messen mit dem Verstand anderer junger Geister und auf das Wissen und die Unterstützung von professionellen Lehrern zählen. Endlich. Hier begann meine Zukunft.

Am ersten Morgen ging ich los, den Kopf voll bunter, umherflatternder Schmetterlinge. Ich kam nach Hause mit grauen Motten im Bauch. Alles war so unpersönlich und bedrohlich an dieser Schule. Das riesige Gebäude sah aus wie eine Kaserne, in den Klassen saßen wir mit mehr als vierzig Leuten und durch die Gänge liefen Erzieher mit einer kleinen Peitsche in der Hand, um Zucht und Ordnung aufrechtzuerhalten. Und dann meine Mitschüler. Sie lachten mich aus.

»Ein Sand fressender Bauer aus dem Süden!«
»Warum kommst du nicht gleich in Djellaba?«
»Die armen Haare. Als ob ein Kamel dran geknabbert hätte.«
»Der missglückte Berber!«

Dass ich in Casablanca geboren war, zählte nicht. Ich sprach genauso gut Marokkanisch wie sie, aber nach sieben Jahren Wüste konnte ich meinen südlichen Akzent nicht verleugnen. Über mein Äußeres hatte ich mir bis dahin keinerlei Gedanken gemacht. Es stimmte vielleicht sogar, was sie sagten. Ich trug die Kleider von Adnane auf, neue bekam ich nur zu besonderen Anlässen. Und mit meinen Haaren hatte meine Mutter mich immer zum billigsten Friseur von Guelmim geschickt. Meine neuen Klassenkameraden liefen herum in auffälligen Hemden, Jeans und mit silberner Kette um das Handgelenk. Ihr Haar fiel lockig bis über Ohren und Nacken. Sie rauchten und hörten Reggaemusik. Dass ich noch nie etwas gehört hatte von Alpha Blondy! Der kam doch auch aus dem Süden!

Ganz egal, welches Fach die Lehrer des Gymnasiums Mohammed des Fünften unterrichteten, sie leierten die Stunden herunter, als handele es sich um Börsenkurse. Wir mussten alles mitschreiben und vor allem unseren Mund halten. Obwohl es mich langweilte, war ich ganz gut. Und das bemerkten meine Klassenkameraden sehr schnell. Anstelle von ›Berberkopp‹ erklang ab und zu mein Vorname, besonders, wenn sie meine Mitschriften brauchten. Wenn sie bei einem Test neben mir sitzen wollten, klebte die geheuchelte Freundlichkeit an ihnen wie Harz an einer Pinie.

Nach dem Unterricht lungerten wir auf dem Vorplatz der Schule herum. Aus einem der Ghettoblaster erklang dann immer eine träge Reggaemelodie. Jungen meines Alters hingen lässig auf den Bänken herum. Auf dem Rasen in der Mitte des Platzes liefen Mädchen über ihre Schulbücher gebeugt. Sie taten so, als würden sie lernen, aber waren nur darauf aus, im Blickfeld der Jungs zu paradieren. Sie ließen Briefchen aus ihren Büchern fallen, zufällig vor die Füße ihres Auserwählten. Darauf musste man dann antworten. Wenn es funkte, traf man sich heimlich in einer dunklen Ecke des Platzes oder in der Dämmerung am Strand. Zusammen liefen die Pärchen nie in dieser Stadt mit ihren vielen Augen herum. Viel zu riskant.

Meine Schwester Zohra ging auch oft auf dem Platz spazieren. Sie machte nicht mit bei den pubertären Spielchen, auch wenn sie mit ihren Gazellenaugen und den Grübchen in ihren Wangen ungeheuer beliebt bei den Reggaejungs war. Ich musste ihr so manchen Zettel bringen. Sie antwortete nie.

Ich bekam nie einen Zettel. Ich war immer bei der Gruppe, die im Schatten einer Palme stand. Wir waren alles andere als cool. Wir schwärmten nicht für Reggaemusik, sondern für Michael Jackson. Der war inzwischen auch in Marokko ein Superstar. Ich war einer seiner größten Fans. Mein Zimmer hing voll mit Postern von ihm, zumindest jener Teil, den

Adnane nicht mit Fotos von Rennwagen und Motorrädern in Beschlag genommen hatte. Ich studierte die Videoclips von *Billy Jean* und *Beat It* im angesagten Vergnügungspark neben dem Hotel Palace und übte stundenlang auf meinem Zimmer, um den Moonwalk in den Griff zu bekommen. Zohra erwischte mich einmal dabei. Ich dachte, sie würde mich auslachen, aber sie war begeistert. Schon immer hatte sie sich fürs Tanzen interessiert. Seit sie klein war, gab sie auf Festen sensationelle Bauchtänze zum Besten. Und sie kannte auch die Kniffe westlicher Tänze. Mit ihrer Hilfe verbesserte ich mich zusehends.

»Zeig den anderen mal, was du kannst!«, sagte sie. »Anstatt immer an den Palmenäffchen zu kleben.«

»Auf dem Platz tanzen? Da denk ich überhaupt nicht dran«, antwortete ich. Sie drängte nicht weiter, aber ihr geheimnisvolles Lächeln beunruhigte mich.

Am nächsten Tag ging Zohra selbstbewusst zu dem Jungen mit dem Ghettoblaster.

»Mach mal aus«, befahl sie. »Leg diese Kassette rein.« Der verdutzte Reggaefan gehorchte tatsächlich. Sie könnte gut zur Armee gehen, dachte ich.

»Omar! Komm her!« Sie klatschte in die Hände, um Aufmerksamkeit zu bekommen.

»Der einzig wahre Michael Jackson!«, rief sie. Ihre Stimme hallte über den Platz.

Alle schauten auf mich. Ich musste wohl oder übel. Ich schlurfte mit eingezogenem Kopf auf den Platz, aber sobald die ersten Takte erklangen, machte ich eine Verwandlung durch. Die Jungs schauten mit hochgezogenen Augenbrauen zu. Die Mädchen klappten ihre Bücher zu und kamen näher. Zohra klatschte im Rhythmus, und die Mädchen machten es ihr nach. Beim zweiten Lied feuerten sie mich mit aufgeregten Schnalzlauten an. Dann fingen auch die Jungs an mitzuklatschen. Überall Applaus und Schulterklopfen nach meiner Zugabe.

»Jetzt noch dein Outfit«, befand Zohra, »dann ist dein Auftritt erst perfekt.«

Aber wie kam ich an so scharfe Klamotten? In ein paar Geschäften gab es zwar extravagante Gürtel und Jacken, aber die waren für mich unbezahlbar. Selbst ein Paar spitze Schuhe konnte ich mir nicht leisten. Meine Schwester Maryam brachte die Rettung. Sie arbeitete seit Kurzem als Näherin in einem neuen Geschäft am Boulevard Mohammed des Fünften. Sie konnte Adnane eine verschlissene Jacke abschwatzen, färbte das beige Leder knallrot und besetzte die Schultern mit runden Nieten, die meine Mutter verwendete, um die Sitzbänke mit Stoff zu beziehen. Auch einen ausgedienten Gürtel von sich versah Maryam mit Nieten. Jetzt noch eine schwarze Jeans und ein weißes T-Shirt – und ich war fertig.

Zu Hause traute ich mich nicht, in diesen Klamotten aufzukreuzen. Abends versteckte ich sie in einer Plastiktüte unter den Kaninchenställen. Seitdem gab ich jeden Nachmittag eine Vorstellung. Ich machte es zu einer Ehrensache, jede Woche eine andere Nummer einzuüben. Mit der Zeit improvisierte ich meinen eigenen Tanzstil. Das musste ich auch, denn so viele Jackson-Clips gab es im Vergnügungspark auch wieder nicht zu sehen. Als meine Haare ein bisschen gewachsen waren, glich ich mehr denn je dem jungen Michael Jackson. Briefe von Mädchen bekam ich in Hülle und Fülle. Aber ich war zu schüchtern, um darauf zu antworten.

Zum Glück kam mein Vater nie am Platz vorbei. Wenn er mich gesehen hätte, hätte er mich verprügelt. Er fand es schon schlimm genug, dass ich in letzter Zeit in Jeans und

T-Shirt zur Schule ging. Auch über mein langes Haar hatte er schon ein paarmal geschimpft. Ich stopfte es unter meine Mütze und dachte, dass er nichts merkt.

Eines Tages kam ich aus der Schule. Ich erschrak. Mein Vater war schon zurück von seiner Truppenübung im Atlasgebirge! Einen Tag früher als geplant. Und ich hatte meine Mütze nicht auf ... Er saß im Sessel mit einer Zeitung auf dem Schoß und kratzte mit dem Armeemesser den Dreck unter seinen Fingernägeln weg. Ich fühlte seinen stechenden Blick in meinem Rücken.

»Omar, wir haben vom Oberst neue Möbel bekommen. Mein alter Schreibtisch ist für dich, dann musst du nicht mehr am Küchentisch lernen.«

Uff, er hatte gute Laune.

»Komm, steig in den Jeep, dann holen wir ihn.«

Unterwegs war er in allerbester Stimmung. Er fragte sogar nach meinen Leistungen in der Schule. Wir fuhren in die Oberfeldwebel-Bouzian-Kaserne. Hier wurden jeden Monat die neuen Rekruten hingebracht. Die Wachen am Tor salutierten freundlich. Wir fuhren auf den Exerzierplatz, und das Tor schlug hinter uns zu. Mein Vater parkte vor dem Schild mit seiner Autonummer.

Wir kamen in einen dunklen Gang, in dem ein muffiger Geruch hing. Wie von verschimmeltem Brot. Vor einer Stahltür machte er halt.

»Hier ist es.« Wir traten ein.

Mein Herz hörte auf zu schlagen. Der Friseursaal der Kaserne. Ein weiß getünchter, kahler Raum, ein paar durchgesessene Friseurstühle und an der Wand ein großer Spiegel mit abgeblätterten Rändern. In einer Ecke ein schauderhafter Haufen schwarzes Haar, einen halben Meter hoch. Einer der

Friseurstühle drehte sich quietschend um. Ein älterer Mann in weißem Kittel und mit buschigen Augenbrauen legte langsam eine Zeitschrift in den Schoß.

»Das ist Youssef, spezialisiert auf Rekrutenhaarschnitte ...«, lachte mein Vater. Er schüttelte dem Mann herzlich die Hand und zog ihn aus dem Stuhl.

»Omar! Sag Guten Tag!«
Ich streckte zaghaft die Hand aus.
»So nicht, du Trottel! Youssef ist Hauptgefreiter. Salutieren musst du!«

Der Friseur zog die Augenbrauen hoch und sah meinen Vater fragend an.

»Youssef, dieses haarige Etwas soll meinen Sohn darstellen. Ich habe mich kaum mit ihm in die Kaserne getraut.«

Er packte mich an den Haaren und schleifte mich auf den Friseurstuhl.

»Wir werden ihm eine Lektion erteilen.«

Ich war völlig gelähmt. Ein an den Beinen zusammengebundenes Schaf. Ich sah in den Spiegel. Meine schwarzen Locken glänzten schöner denn je. Youssef band mir vorsichtig ein weißes Tuch um den Hals und sah verstohlen zu meinem Vater. »Alles ab!«, brüllte er.

Youssef griff zu einer riesigen Haarschneidemaschine. Aufblitzendes Metall mit gierigen Zähnen. Ein Klick und der Apparat begann zu summen. Ein Schmerz durchzog meinen Bauch. Youssef drückte meinen Kopf vorsichtig nach vorne und hob mit einem Kamm die Locken im Nacken hoch. Ich fühlte, wie sich der Scherkopf an meinen Halswirbel drückte. Youssef hüstelte und wartete kurz.

»*Chargez!*«, rief mein Vater. Dann summte das kalte Metall bis zu meinem Scheitel, während alle Locken sanft auf das Tuch niederfielen.

Da saß ich nun. Den Schoß voller Haare. Mein Kopf so kahl wie eine Wassermelone. Jetzt sah man besser als je zuvor die geschwollene Ader auf meiner Stirn. Im Spiegel stand der Unteroffizier und grinste. Das war nicht mein Vater. Den hatte ich schon lange vorher irgendwo in der Wüste verloren.

Es herrschte Aufregung am nächsten Tag in der Schule. Omar Jackson hatte keine Haare mehr. Was für ein Anblick, mit der armseligen Mütze auf seiner Glatze. Bis zum Abschluss der Schule nannten mich alle den ›kahlen Berber‹.

Das durchdringende Signal einer Sirene. Wir laufen in den Hafen von Tanger ein. Auf dem Kai eine Menschenmenge mit flatternden Taschentüchern. Quäkende Raïmusik weht mir entgegen. Ich rieche den Geruch von faulem Fisch und gegrilltem Kebab.

Das ist das wahre Marokko.

»Ich hab die Fahrkarten gefunden!«, jubelt Mohammed. »Sie waren in meiner Jackentasche.« Er nimmt mich in die Arme und drückt mich fest an seine Brust.

»Ich wünsche dir und deiner Familie ein gutes und langes Leben!«, flüstert er mir ins Ohr. Dann lässt er mich abrupt los. Auf dem Kai sieht er den Verwandten, der sie abholen kommt. Glücklich wie ein Kind eilt er zum Kai. Mich sieht er nicht mehr.

Ich nehme ein Taxi zum Bahnhof, wo ich in den Schnellzug nach Casablanca steige. Mit ein bisschen Glück bin ich am selben Abend noch da.

drei

Ich war neunzehn, und es hatte noch nie geklappt. War es mein angeschlagenes Image auf der Schule? Meine angeborene Schüchternheit? Oder einfach nur Zufall? An meinem Äußeren konnte es nicht liegen. Meinen Schwestern zufolge sah ich hübsch aus mit meinen lieben braunen Augen, den langen Wimpern, den sinnlichen Lippen und den vollen Locken. Aber, so fügten sie dann kichernd hinzu, ich könnte ruhig etwas männlicher rüberkommen.

Wie dem auch sei, mich heimlich mit einem Mädchen zu treffen, war mir bislang nicht gelungen. Ich verstand gar nicht, wie es meine Altersgenossen so einfach hinbekamen. Sie erzählten nicht viel davon, weil sie Angst hatten, man könnte über sie reden.

Bis ich eines Tages ein paar Klassenkameraden hörte, wie sie von ihrer Reise nach Tunesien erzählten.

»Ein Paradies, sie fallen dir direkt vor die Füße, die europäischen Weiber mit ihrer milchweißen Haut und ihren schlanken Hüften! Zu Hunderten liegen sie im Bikini am Strand. Titten und Hintern in allen Formen. Man braucht sie sich nur auszusuchen.«

Das gab es in Marokko nicht. Ab und zu sah man hier eine europäische Familie, die die Medina oder eine Moschee besichtigte, und wenn man Glück hatte, war eine schmächtige Tochter dabei, die dir mit ängstlichen Fischaugen einen kurzen Blick gönnte. Nein, an den tunesischen Stränden werden sie gleich in ganzen Flugzeugladungen angekarrt. Charter nennen sie das. Meinen Mitschülern zufolge kam das Wort vom französischen *charité* im Sinne von ›Mildtätigkeit‹. Weil die europäischen Touristen, und dann besonders die weiblichen, so mildtätig mit ihren Reizen umgingen. Außerdem reisten die meisten dieser Mädchen nicht mit ihrer Familie, sondern grüppchenweise zu zweit oder zu mehreren.

Da musste ich also hin. Dort würde ich auf den Geschmack kommen. Zusammen mit Ismael, der genauso grün hinter den Ohren war wie ich, machte ich Pläne, um in den Ferien nach unserem letzten Schuljahr nach Tunesien zu fahren. Ismael war ein Einzelkind, und seine Eltern waren wohlhabend, aber ich musste alle Kosten selbst aufbringen.

Schon im April suchte ich einen Job. Mit dem Abschlusszeugnis, das ich bekommen würde, dürfte das nicht schwer sein. Irgendwo in einem Büro oder in einem Supermarkt.

Aber auf allen Arbeitsvermittlungen, bei denen ich vorsprach, lachte man mir ins Gesicht. Was dachte ich mir eigentlich? Ganze Reihen von Studierten standen vor mir auf der Warteliste!

Schließlich fand ich etwas in einer Gerberei. Im Juli konnte ich anfangen. Relativ gut bezahlt, dafür aber Sklavenarbeit. Die Hitze und die Schlepperei waren eine Sache, aber die Dämpfe waren einfach zu viel des Guten. Heute noch brauche ich nur eine Lederjacke zu sehen, und ich rieche den widerlichen Gestank von faulem Fleisch, das ich abschaben musste, und von Urin, in dem die Häute zum Einweichen lagen. Wenn sie lange genug gegerbt waren, fischte ich sie mit einem langen Stock aus den Becken und hängte sie zum Trocknen auf. Nach so einem Arbeitstag stank ich mehr als die Toiletten meiner alten Schule. Egal wie lange und heftig ich auch schrubbte, immer blieb ein Hauch des Geruchs in meinen Poren hängen.

Adnane, der in einem Hamam arbeitete und spezialisiert war auf das Saubermachen stinkender Arbeiterleiber, hatte eine Lösung für mein Problem. Er hatte einen sehr guten Kunden: den Libyer Sidi Malouf, ein schwergewichtiger Mann mit einer riesigen Brille auf der Nase. Jedes Mal, wenn er auf Geschäftsreise in Casablanca war, ließ er sich bis zu dreimal in der Woche seine Fettrollen von Adnane durchkneten. Zu Hause machte Adnane die Piepsstimme des Libyers nach: »Abwechselnd hart und sanft, so wie nur du das kannst.« Und mit leuchtenden Maulwurfsaugen steckte er meinem Bruder einen zusammengeknüllten Geldschein zu.

Sidi Malouf war Honighändler. Eimerweise schleppte Adnane Honig als Trinkgeld mit nach Hause. Nach ein paar Wochen konnten wir keinen Honig mehr sehen. Das machte nichts, denn Adnane hatte inzwischen einen blühenden Schwarzhandel mit Nachbarn und Freunden organisiert.

Er würde sich mein Geruchsproblem also einmal gründlich vornehmen. Im Hamam musste ich mich auf eine harte Steinbank legen. Adnane schmierte mich von Kopf bis Fuß mit Honig ein. Er war sehr bemüht. Das war ich nicht von ihm gewohnt. Als Bruder hatte ich nie viel von ihm. Er war immer unterwegs, und wenn er schon mal da war, ärgerte er mich. So hatte das Zimmer, das wir uns teilten, eine rote Grenzlinie. Die verlief nicht genau in der Mitte. Als Erstgeborener hätte er Anrecht auf ein größeres Stück, sagte er angeberisch. Um zu zeigen, dass es ihm ernst war, stellte er ein Schild auf die Linie, das er von einer Baustelle geklaut hatte und auf dem STRICTEMENT INTERDIT stand.

Einmal erwischte er mich in seiner Zone. Er packte mich an den Handgelenken und verdrehte sie. Zur Strafe musste ich seine ›Buchhaltung‹ von diesem Monat wieder in Ordnung bringen. Er hatte sich stundenlang vergeblich damit abgemüht. Als kleiner Krämer wusste er zwar nur zu gut, wie er seine Ware an den Mann bringen konnte, aber ausrechnen, wie viel Gewinn er machte, dafür war sein Bauernverstand zu klein. Blitzschnell hatte ich alles ausgerechnet. Zum Dank malte er noch einen Ayatollahbart auf mein schönstes Michael-Jackson-Poster.

So aufmerksam wie jetzt war er noch nie gewesen. Er massierte meinen Kopf mit dem kostbaren Gut und schmierte es sogar in meine Nasenlöcher und Ohren. Ich war vor Müdigkeit schon halb eingeschlummert, aber als er mir die Badehose runterzog, um auch da zu schmieren, hörte ich Gekicher hinter einem Vorhang. Der Dreckskerl! Er hatte seine Freunde für das Spektakel zusammengetrommelt. Sie lachten sich kaputt.

»Hey Omar, soll ich ein paar Wespen loslassen?«
»Darf ich mal lecken?«
»Habibi, du bist so süß ...«

Ich grapschte in einen Eimer und schmierte einem der Glotzer einen Batzen Honig ins Gesicht. Er sprang auf mich zu und wollte mich packen, aber ich glitschte wie ein Hering aus seinen Händen. Es endete in einer riesigen Honigschlacht. Alle klebten und glänzten. Adnane putzte bis lange nach Mitternacht, um alles sauber zu bekommen.

Aber womit er nicht gerechnet hatte: Das Zeug wirkte! Fortan musste er mich jeden Abend einschmieren, wenn er nachts nicht unter meinem penetranten Geruch leiden wollte.

Nach einem Monat Schuften hatte ich genug Geld für eine Fahrkarte und einen Aufenthalt von ein paar Wochen in Tunesien. Meine Klassenkameraden hatten in Monastir bei Verwandten gewohnt, aber es gab genug billige Hotels in unserem Nachbarland, versicherten sie uns. Zu Hause hatte ich noch nichts von meinen Reiseplänen erzählt. Meine Eltern würden nicht einverstanden sein. Aber ich fühlte mich stark. Ich war volljährig. Verbieten konnten sie mir nichts mehr.

An dem Tag, an dem wir unsere Fahrkarten kaufen wollten, lag ein Brief von Ismael im Briefkasten. Seine Mutter fühle sich in letzter Zeit nicht gut, sein Vater wolle, dass er in den Ferien lerne, um sich auf die Universität vorzubereiten. Kurz: Er kam nicht mit nach Tunesien.

Ich war wütend. Nach all der Schufterei. Sich so eine Gelegenheit entgehen zu lassen. So ein Muttersöhnchen! Ich wollte ihn nie wiedersehen. Meine Wut verlieh mir Mut und Tatkraft. Ich kaufte eine Fahrkarte für den Trans-Maghreb-Express nach Tunis und putzte sogar ein paar Abende im Hamam, um noch etwas dazuzuverdienen.

»Was hast du hiermit vor?«, fragte mein Vater eines Abends, während er die Fahrkarte drohend vor meiner Nase hin- und herschwenkte.

»Ich fahre morgen nach Tunesien«, antwortete ich eiskalt.

»Du bleibst zu Hause«, befahl er und riss die Fahrkarte in Stücke. Die Schnipsel ließ er mir vor die Füße rieseln. Ich explodierte. Die seit Jahren gespannte Feder sprang los. Ich schlug ihm mit der Faust mitten ins Gesicht. Er fiel hinten über auf den Boden. Ich richtete mich auf, um seine Reaktion entgegenzunehmen, aber er blieb liegen. Schaute mich verwirrt an. Ein dünner Faden Blut lief aus seiner Nase. Er wischte es mit dem Finger ab. Starrte es an. Sein Mund stand ungläubig offen.

»Wir sind quitt«, sagte ich ruhig.

Ich half ihm hoch, und gemeinsam lasen wir die Schnipsel vom Boden auf, ohne etwas zu sagen.

Am nächsten Tag fuhr ich mit einer zusammengeklebten Fahrkarte nach Tunesien.

Auf dem Bahnhof von Tunis hängte sich ein Typ mit faulen Zähnen und fusseligem grauen Haar an mich. Dass ich Ausländer war und ein Zimmer brauchte, hatte er sofort gesehen.

»Mustaf hilft dir gern. Ein herrliches Zimmer zu einem besonders guten Preis. Im Al-Marsa-Viertel, gleich am Meer.«

»Ich hab schon etwas reserviert«, log ich. Ich nahm meinen Koffer und schritt selbstbewusst zum Ausgang.

»Oh, nichts für ungut, ich wusste nicht, dass der Herr ein Ölscheich ist«, rief Mustaf mir hinterher.

Ich hatte keinerlei Ahnung, welches Hotel ich nehmen sollte. Ich wusste aber, dass man Fremden, die sich einem an die Fersen heften, nicht vertrauen kann. Davor hatte mich mein großer Bruder gewarnt. Das waren sogenannte *faux guides* – falsche Führer. Typen, die sich in Marrakesch und Fès an einen klammern. Angeblich um einen herumzuführen, dabei sind sie nur darauf aus, einen auszurauben.

Neonlichter strahlten entlang der Boulevards: Hôtel Africa, Oriental Palace, Hôtel Les Amdassadeurs, Sheraton Tunis. Solch einen Luxus brauchte ich nicht. In einer Seitenstraße entdeckte ich das Hôtel Méridien. Das sah schon etwas bescheidener aus. So schnell wie ich drinnen war, war ich allerdings auch wieder draußen. Ein Zimmer kostete die

Hälfte meines gesamten Budgets. Hôtel Familial und Pension Moderne klangen preiswerter, waren es aber kaum. Ich sah mich schon die ganze Nacht durch die Stadt streifen – oder schlimmer noch –, den Zug nach Hause nehmen, als ich hinter mir schallendes Gelächter hörte. Ich schaute mich um und sah einen fusseligen Haarschopf und ein Maul mit faulen Zähnen. »Soll Mustafa den Herrn Ölscheich vielleicht dann doch zu seiner Suite geleiten?«

Ich folgte dem Mann. Aber meinen Koffer gab ich nicht aus der Hand, mochte er mich auch noch so drängen, ihn für mich zu tragen.

Al Marsa war weiter weg, als ich dachte: Wir mussten eine halbe Stunde mit dem Bus fahren, bevor wir da waren.

So verbrachte ich meine erste Nacht in Tunesien in einem dreckigen Hafenviertel, in dem ein durchdringender Gestank nach Petroleum hing. Einen Namen hatte meine ›Pension‹ nicht. Mustafa vertraute mich einer gewissen Madame Oubakki an und ging wieder auf die Suche nach Reisenden, die durch die Stadt irrten. Madame Oubakki packte mich bei den Schultern und schüttelte mich ein paarmal herzlich durch. Die Lappen ihres Doppelkinns und das Fleisch, das lose von ihren Oberarmen herunterhing, schüttelten herzlich mit.

»Ein echter kleiner Marokkaner«, lachte sie. »Und noch ganz grün und unverdorben, wette ich.«

Sie war mit ihrem Gesicht jetzt so nah, dass ich die Mitesser auf ihrer Nase zählen konnte. Ein durchdringender Fischgeruch stieg aus ihren Kleidern empor, aber der Geruch aus ihrem Mund war viel schlimmer. Ich stotterte, dass ich todmüde sei und schlafen wolle.

»Nicht nur grün hinter den Ohren, sondern auch noch

schüchtern!«, lachte sie laut los. Das Zimmer war nicht teuer. Der Komfort war dementsprechend. Es gab weder Fenster noch Bett. Auf dem Boden lag einzig und allein eine schmutzige Matratze voller Flecken. Die Bettwäsche war gewaschen, aber dem Geruch nach mit Meereswasser. Die Toilette auf dem Gang war einfach ein Loch im Boden mit einem kleinen Wasserhahn daneben. In einer Ecke war ein Haufen Müll geschüttet. Die Kekse und die Bananen, die ich im Zug gegessen hatte, plätscherten nur so aus mir heraus.

Trotz der Hitze schlief ich sofort ein. Mitten in der Nacht krabbelten Hunderte von Ameisen über meine Beine.

Sie krochen hinein in die kleinen Löcher, die sie in meine Oberschenkel gebohrt hatten, und kamen wieder heraus. Herausgeschnittene Stücke Fleisch trugen sie in Kolonnen zu ihrem Nest. Es wurden immer mehr. Meine Beine sahen ganz schwarz aus. Mit einem Schrei des Ekels wachte ich auf. Ich warf die Decke von mir und blieb wie gelähmt sitzen. Meine Beine ... grauenhaft! Sie waren voller roter Pusteln. Und wie das juckte! Läuse, es wimmelte nur so davon. Den Rest der Nacht schlief ich auf dem harten Boden.

»Und auch noch empfindlich«, seufzte Madame Oubakki. »Hier, geh schnell und hol eine Dose Insektenspray und hör auf zu jammern. Läuse ... wer stört sich schon an ein bisschen Gekitzel?«

Da war mein Erwachen am nächsten Tag völlig anders. Satinbettwäsche, leise Musik, goldfarbene Vorhänge, die das

Tageslicht filterten, ein Tablett mit Kaffee, Fruchtsaft und Honigcroissants. Neben dem Bett steckte ein kleiner elektrischer Apparat in der Steckdose. So etwas hatte ich noch nie gesehen. Er hatte ein kleines Gitter, hinter dem eine kleine blaue Tablette steckte. MÜCKENTOD stand in triumphierenden Buchstaben darauf. Plötzlich hörte ich das Plätschern einer Dusche. Wo war ich und wie war ich hier in Gottes Namen gelandet? Das Erste, woran ich mich erinnerte, waren die Läusebisse vom Tag zuvor. Nachdem ich die Matratze ausgiebig mit dem Insektenspray besprüht hatte, war ich im Meer schwimmen gegangen. Um den Juckreiz an meinen Beinen zu lindern. Der Strand war völlig leer, doch als ich mich wieder angezogen hatte, sah ich sie in der Ferne bei den Felsen. Das musste so eins sein. Ein Chartermädchen. Sie saß in der Hocke und beobachtete etwas im Sand. Sie war blond und trug Shorts. Dann legte sie sich auf die Seite. Hielt sie eine Handtasche fest? Sie suchte etwas. Offensichtlich sah sie nicht gut, denn sie hielt die Handtasche ganz nah vor ihre Augen. Vielleicht fühlt sie sich nicht gut und sucht ihre Pillen, dachte ich. Ich rannte zu ihr und rief: »Geht es, Mademoiselle? Kann ich Ihnen helfen?«

»*Merde!* Jetzt ist sie weg!« rief sie und schnellte hoch. »*Imbécile!*« Sie schaute weg von mir, zuckte mit den Achseln und warf schwungvoll ihr langes Haar nach hinten.

Jetzt erst sah ich, dass sie einen Fotoapparat festhielt. Ich entschuldigte mich.

»Ich wollte gerade eine Nahaufnahme von einer riesigen Seespinne machen.« Verärgerung schwang noch in ihrer Stimme. Und nein, sie war keine Touristin, sondern arbeitete für das französische Magazin ›Géo‹.

Das kannte ich aus der Bibliothek. »Wunderschöne Naturfotos«, sagte ich.

»Die, unter denen Véronique Alazet steht, sind von mir«, sagte sie stolz.

Als ich ihr vorschlug, bei der Suche nach Seespinnen behilflich zu sein, huschte sogar ein Lächeln über ihr Gesicht.

Kurze Zeit später saßen wir auf der Terrasse eines Strandcafés hinter einem großen blühenden Rhododendronbusch. Aus dem Blickfeld von Gästen und Passanten. Bis zu diesem Augenblick hatte ich nicht gewagt, sie genauer zu betrachten, doch jetzt, wo sie dasaß und ihre Beine mit einer Creme gegen Sonnenbrand einschmierte, ließ ich meine Augen wandern. Sie sah aus wie zwanzig, war aber schon sechsundzwanzig, wie sie mir sagte. Ein recht hübsches Gesicht mit Sommersprossen, einer runden Metallbrille, tiefblauen Augen und gepflegten weißen Zähnen mit einem seltsamen Draht darüber. Unter ihrer engen Bluse zeichneten sich zwei kleine Rundungen ab. Das war neu für mich. Von so nah zumindest. In Marokko drapierten Frauen allerlei Stoffe um sich herum, und ihre Formen sah man nicht. Die kleinen französischen Brüste, so zart und verletzlich, stimmten mich zärtlich.

Ihr Hintern war rotglühend. Sie hatte vergessen, sich einzuschmieren. Nicht weiter schlimm. Ich kannte ein perfektes Mittel, um den Brand aus der Haut zu ziehen: Joghurt. Wir bestellten eine Portion, und ich durfte sie im Schutze des Rhododendronbuschs einschmieren. Véronique stöhnte leise. Vor Schmerz, dachte ich erst. Aber ihr schmachtender Blick sagte etwas anderes.

Sie war es, die vorschlug, auf ihr Zimmer zu gehen. Wir nahmen ein Taxi zum Sheraton. Ich befürchtete, dass man am Empfang Schwierigkeiten machen würde, aber man nahm mich noch nicht einmal wahr.

»Geld öffnet alle Türen«, lächelte Véronique.

Nach zwei Gläsern Courvoisier lagen wir ohne Kleider auf dem Bett.

»Mach langsam«, flüsterte Véronique, »ich bin noch Jungfrau.«

Ich fühlte mich wie ein Entdecker in unberührtem Gebiet. Ich küsste sie, streichelte ihre kleinen Brüste, saugte an ihren Brustwarzen, leckte ihren Bauch. Aber einen Steifen bekam ich nicht.

Das wird gleich schon kommen, beruhigte ich mich.

Véronique wurde ungeduldig und nahm das Heft in die Hand. Gierig schlug sie ihre Fingernägel in meinen Hintern und biss mir in die Brustwarzen. Jetzt kam doch Leben in mein Glied. Sie stöhnte. Mit einem heftigen Ruck zog sie meinen Kopf ganz nah zu ihrer Unterhose, die sie dann mit einer schnellen Bewegung auszog. Ich wusste nicht, was sie von mir erwartete, aber den Geruch, den ich einsog, fand ich alles andere als sexy. Ich würgte.

»Was ist los?«, fragte sie ungeduldig.

»Ich fühl mich nicht gut … Bestimmt vom Cognac …«

Ich beeilte mich, ins Badezimmer zu kommen. Tat so, als müsse ich mich erbrechen. Ich nahm noch eine ausgiebige Dusche, und als ich zurück ins Bett kroch, schlief Véronique schon.

Die ganze Nacht drehte ich mich jedoch von der einen Seite auf die andere. Warum klappte es nicht? Was stellte dieser Geruch nur mit mir an? Riechen etwa alle Frauen so? Warum lief ich weg? Ein Feigling war ich. Ein Versager … Ob es klappt, wenn ich verheiratet bin? Was ist, wenn ich keine Kinder machen konnte? Diese Schande! In meinem Kopf drehte sich alles. Zwei weitere Cognacs betäubten mich.

Das Plätschern der Dusche hatte aufgehört. Véronique kam aus dem Bad und kroch neben mir ins Bett. Wir frühstückten. Mit keinem Wort wurde der vorherige Abend erwähnt.

»Ich hab einen Kater«, log ich, um meine Unsicherheit zu überspielen.

»Ich werde dir eine gute Massage geben«, sagte sie, »das hilft immer.«

Ihre Hände waren sehr geschickt. Ich entspannte mich völlig. Als sie mit meiner Rückseite fertig war, drehte sie mich auf den Rücken und setzte sich rittlings auf mich. Ihr Becken bewegte sich rhythmisch hin und her. Ich schloss die Augen, um alles besser zu spüren. Dieses Mal musste es klappen. Ihr Schoß war angenehm warm. Ihre Beine hielten meine Hüften fest, und ihre Hände hielten meine Handgelenke fest im Griff. Ich fühlte mich ihr völlig ausgeliefert. Meine Gedanken waren ganz verschwommen, und es kribbelte in meinem Bauch. Und dann, langsam aber sicher, bekam ich eine Erektion. Ich stöhnte vor Erleichterung. Geknister von Plastikfolie. Sie holte ein Kondom zum Vorschein. Ich brauchte nichts zu tun. Blitzschnell und routiniert rollte sie es ab. War sie wirklich noch Jungfrau? Einen Augenblick später fühlte ich, wie ich in sie hineinglitt. Véronique seufzte tief, und ihre Bewegungen wurden heftiger. Ich konzentrierte mich auf ihre Wärme. Eine klebrige, feuchte Wärme. Ist es das, dachte ich? Muss ich mich mitbewegen, um zum Orgasmus zu kommen?

Plötzlich war der Geruch wieder da, zusammen mit dem vom Gummi jetzt noch unerträglicher. Ich fühlte, wie das Blut aus meinem Penis wegströmte.

Bevor Véronique begriff, was passierte, rollte ich mich aus dem Bett und sprang in meine Klamotten.

»Ich muss weg. Ich hab eine wichtige Verabredung!«

»Warte, gib mir deine Adresse!«, rief Véronique mir noch nach.

Aber ich stand schon im Fahrstuhl, zu Tode beschämt nach so einem Abgang. Von der Straße aus sah ich sie oben am Fenster stehen. Sie winkte nicht, sondern fotografierte mich mit einem Ungetüm von Teleobjektiv. Den ganzen Tag lief ich wie ein Zombie durch die Straßen von Tunis. Als ich schließlich in der Pension von Madame Oubakki auf die Toilette ging, merkte ich, dass ich das Kondom noch immer übergezogen hatte.

※

In dieser Nacht konnte ich nicht einschlafen, und am Tag darauf lag ich stundenlang auf der dreckigen Matratze und grübelte. Ich beschloss, die Strände aufzusuchen, für die ich schließlich hergekommen war. Aber Monastir lag noch einmal hundert Kilometer weiter weg, und billige Hotels würde ich da laut Madame Oubakki nicht finden. Im Übrigen wäre in der Gegend um Tunis genug zu erleben, sagte sie. Sie überzeugte mich zu bleiben. Ich besichtigte die Ruinen von Karthago und das malerische Sidi Bou Said, aß nur Obst und ab und zu ein günstiges Spiegelei auf Brot oder Baguette mit Pommes frites drauf. Als ich Madame Oubakki bezahlt hatte, blieb gerade noch genug Geld, um Andenken für die Familie zu kaufen, dann war mein Geld alle.

Auf dem Bahnsteig des Hauptbahnhofs von Casablanca warten schon meine Schwester Maryam und ihre beiden kleinen Söhne, Farid und Zied. Maryam ist die Einzige, die von meiner Ankunft weiß. Ich habe sie angerufen, als ich mit dem Bus in Algeciras ankam. Ich sehe ihren besorgten Blick, als sie sich aus meiner Umarmung losmacht.
»Wie kommst du zu der Narbe?«, will sie wissen.
»Arbeitsunfall in der Schlachterei«, sage ich.
Wir gehen zu ihrem klapprigen Peugeot.
Verdammt, denke ich, jetzt habe ich den Ring noch am Finger. Ich lasse ihn schnell in meiner Hosentasche verschwinden. Zum Glück trage ich lange Ärmel, und niemand kann die Schnitte auf meinem Arm sehen.
Unterwegs starren ihre Söhne auf der Rückbank mich die ganze Zeit schweigend an, bis der jüngste nicht mehr an sich halten kann: »Onkel, hast du uns was mitgebracht?«
»Zied, sei nicht so unhöflich!«, ruft Maryam.
»Die große Tasche hinten im Kofferraum«, lache ich, »da ist eure Überraschung drin. Aber ich verrate noch nichts, ihr müsst warten, bis wir zu Hause sind.«
Schmollmund des Jüngsten. Der Ältere kommt nun auch in Fahrt. Er beschießt mich mit einer ganzen Batterie von Fragen, bis seine Mutter findet, dass es genug sei.
Maryam sieht gut aus. Offensichtlich blüht sie auf nach der Scheidung von Driss, mit dem sie vier Jahre lang verheiratet war. Sie erzählt, dass sie jetzt eine eigene Schneiderei hat, nicht weit entfernt vom alten Bazar, und dass die Geschäfte gut laufen. Das Geld verschwindet jetzt wenigstens nicht mehr in den Spielhallen. So konnte sie den gebrauchten

Peugeot kaufen, und ab und zu ist ein Besuch bei unseren Eltern drin, die wieder in Guelmim wohnen. Sie sind kurz nach meiner Abreise nach Belgien dorthin umgezogen. Das Militär brauchte einen Kommandanten, der die Gegend gut kannte. So wurde mein Vater befördert und nach Guelmim versetzt. Nur meine jüngste Schwester ist mit ihnen gegangen. Tarek spielt Fußball in der ersten Liga von Raja Casablanca, Adnane hat eine eigene Familie in Rabat, und Zohra geht in Kairo auf eine Tanzschule. Mein Vater ist dagegen, aber sie ist volljährig. Sie finanziert ihre Ausbildung mit einer Stelle als Kellnerin und Bauchtänzerin in einem Touristenrestaurant.

»Wie geht es ihnen in Guelmim?«

Maryam zuckt mit den Achseln und seufzt: »Das erzähl ich dir morgen, wenn du dich ausgeruht hast.«

Ich bekomme das Zimmer, in dem ihr Mann im letzten Jahr ihrer Ehe schlief. Immer noch stehen Kartons mit seinen Sachen herum.

»Jedes Mal, wenn er die Kinder besucht, verspricht er, sein Zeug das nächste Mal mitzunehmen, aber dazu kommt es nie«, seufzt sie. »Im Aufschieben ist er wirklich gut.« Sie wischt mit ihrer Schürze den kleinen Nachttisch sauber und stellt ein Glas Pfefferminztee darauf. »*Bismillah!*«

Als sie aus dem Zimmer ist, falle ich todmüde aufs Bett. Ein Karton, der am Fußende steht, fällt auf den Boden. Unter den Sachen, die ich aufsammle, ist ein gerahmtes Foto. Meine ganze Familie posiert auf dem Terrassendach unseres Hauses anlässlich der Hochzeit von Maryam und Driss. Jeder mit einem Fotolächeln. Nur zwei strahlen vor Freude. Ich und Murat, der den Arm beschützend um mich legt.

vier

Überall in unserem Haus schliefen Verwandte auf Bänken und auf dem Fußboden. Alle waren da, außer der Familie meines Onkels mütterlicherseits. Belgien war ein bisschen zu weit weg, um zur Hochzeitsfeier von Maryam und Driss zu kommen. Murat, mein Cousin, schlief in meinem Bett. Ich lag daneben, auf einer Matratze auf dem Boden. Drei Jahre war es schon wieder her, dass wir bei seiner Familie in Fès gewesen waren. Er war damals viel mit Adnane unterwegs. Sie sind gleichaltrig, und ich war in ihren Augen noch ein Rotzlöffel. Nun jedoch fragte er mir Löcher in den Bauch über meine Reise nach Tunesien.

»Warum hast du mich nicht angerufen, als der Blödmann abgesagt hat? Ich wäre bestimmt mitgekommen«, sagte Murat. Dann erzählte er ausführlich von seiner eigenen Reise nach Spanien. Murat arbeitete an der Rezeption eines Touristenhotels in Fès. Da hatte er Victor, einen spanischen Reiseleiter, kennengelernt. Einen Monat lang hat er bei ihm in Madrid gewohnt. Was er da alles für Sachen erlebt hatte!

Murat schlug vor, zusammen nach Monastir zu reisen. Wir beide. Monastir, Djerba, Sousse, Tozeur. Wir fantasierten

drauflos, bis aus der anderen Ecke des Zimmers eine Stimme brüllte: »Seid ihr bald fertig? Es ist drei Uhr!« Adnane hatte offensichtlich genug.
»Sollen wir vielleicht Monopoly spielen?«, neckte ihn Murat. Das war zu viel für Adnane. Wutschnaubend sprang er aus dem Bett, zog die Matratze unter mir weg und verschwand in den Flur.
»Jetzt legt er sich ganz alleine zum Schmollen hin, genau wie früher«, sagte Murat. »Weißt du noch, Grashüpfer, als wir Monopoly gespielt haben? Du warst ungefähr sieben und hast uns alle Hotels von Rabat und Casablanca abgeluchst. Adnane war bankrott, konnte das nicht verschmerzen und schmiss das Spielbrett mit den Häusern und Hotels durch die Luft. Ich knallte ihm eine, und er zog mit blutiger Nase ab. Spielen wollte er nicht mehr. Er würde im richtigen Leben schon reich werden, schnauzte er.«
»Und du brachtest mir Schach bei ...«
»Bis du mich auf Dauer auch darin besiegt hast.«

Murat schwieg und gähnte. Es war totenstill im Haus. Ich war auch schläfrig und kroch in das Bett von Adnane.
Grashüpfer, dachte ich, so nannte er mich damals. Weil ich durch eine Lücke zwischen meinen neuen Vorderzähne zirpen konnte wie ein Grashüpfer. Wir kamen immer prima miteinander aus. Eigentlich war er der große Bruder, auf den ich zählen konnte. Schade, dass er so weit weg wohnte.

Schnalzende Laute aus Frauenkehlen weckten uns auf. Das Startsignal für das Fest.
»Hast du nichts anderes zum Anziehen?« Murat betrachtete kopfschüttelnd mein traditionelles weißes Hemd und meine schwarze Pluderhose.

»Das tragen doch alle bei einem Hochzeitsfest«, protestierte ich.

»Zu einem Fest gehören Farben. Hier, zieh das an, deine Hose passt gut dazu.«

Er warf mir eines seiner Hemden zu. Knallrot und viel zu groß, so wie die Rapper sie im Fernsehen trugen.

»Sie werden mich auslachen.«

»Dann hast du mein Hemd noch nicht gesehen.«

Er zog es an. Knallrosa mit Epauletten und einem Uniformkragen. Es stand ihm ausgezeichnet. Stattlich und doch frivol. Es machte ihn noch verwegener. Er betrachtete das Ergebnis im Spiegel und warf mit einer schnellen Kopfbewegung die schwarze Locke zurück, die ihm über die Augen hing. Seine Augen waren nicht braun oder schwarz wie sonst bei fast allen Marokkanern, sondern stahlblau. Seine dicken, dunklen Brauen sorgten für einen scharfen Kontrast. Völlig exotisch war sein Schnurrbart, der sich wie eine Seidenraupe sinnlich um seine Mundwinkel schlängelte. Seine Lippen glänzten.

»Was stehst du da rum und träumst?«, lachte Murat. »Schau dich lieber selbst einmal im Spiegel an!«

Wow, das war genau meine Farbe! Rot betonte meine männliche Seite. Mein Stoppelbart war auf einmal sexy. Meine Augen funkelten.

Plötzlich tauchte Murat hinter mir auf und schmierte mir etwas Fettiges ins Haar. Ich dachte sofort an Honig.

»Fixatif Roger & Gallet, das beste Gel, das es gibt«, sagte er.

Er modellierte meine Locken, fasste mich am Kinn und begutachtete das Resultat.

»Und den Bart lässt du dran. Nur ein bisschen nachrasieren...«

»Zum Fest mit einem Stoppelbart! Mein Vater...«

»Sei ruhig und setz dich hin.«

Murat nahm einen Gillette-Rasierer aus seiner Tasche und fing an.

Das Ergebnis war verblüffend. Noch cooler als George Michael. Er legte seinen Arm um meine Schulter und sagte: »Wir sehen aus wie Brüder!«

Die Brüder stürzten sich ins Festgewühl. Von den Pfannkuchen tropfte der Honig. Die Suppe roch würzig, und der Pfefferminztee floss in Strömen aus den Kannen. Alle lachten und amüsierten sich. Onkel Ali, der Vater von Murat, sang ein neckisches Lied über das Brautpaar. Murat rollte einen Pfannkuchen zusammen und steckte ihn gierig zwischen die Lippen. Er zwinkerte mir zu, während der Honig auf seinen Teller tropfte. Zohra, die kam und uns bediente, tauchte ihren Finger in den Honigklecks. An der Tür blieb sie stehen, schaute Murat tief in die Augen und leckte ihren Finger ab. Murat wendete verlegen den Blick ab. Niemand der Feiernden hatte etwas gemerkt, außer mir.

Mein Vater schaute schon eine ganze Weile argwöhnisch auf mein Hemd, sagte aber nichts. Wahrscheinlich, um Onkel Ali nicht in Verlegenheit zu bringen wegen der rosa Erscheinung von Murat.

Ein Quartett mit Trommeln und Flöten kam ins Wohnzimmer und begann zu spielen. Murat zerrte mich von meinem Stuhl. Wir tanzten Schulter an Schulter in einem immer wilder werdenden Rhythmus. Onkel Ali sang, und die anderen klatschten im Takt. Außer Adnane, der hatte nur Aufmerksamkeit für seine Schüssel Suppe. Ich spürte, wie Murats Finger unter meinem Hemd auf meiner Haut trommelten. Oder war das ein Streicheln?

Nach dem Tanz gingen alle auf die Dachterrasse zur Schlachtung des Opferlamms. Der Schlachter bekam von jedem 100-Dirham-Scheine zugesteckt, um das Glück des Brautpaares zu garantieren. Er nahm ein Messer aus seiner Ledertasche. Ein Aufblitzen im Sonnenlicht, Entsetzen in den Augen des Schafes. Noch ein paar Zuckungen und es war vorbei. Die Männer schauten fasziniert zu, wie das Blut aus der Kehle strömte. Ich wandte mich ab, aber stieß mit Murat zusammen, der dicht hinter mir stand. Er drückte sich an mich und flüsterte: »Die harte Realität, kleiner Bruder.«

»Alle hierher für das Familienfoto«, rief jemand. Der Fotoapparat auf dem Stativ konnte gerade weit genug nach hinten gestellt werden, um alle auf das Bild zu bekommen. Murat stand neben mir. Wieder mit dem Arm um mich. Wieder mit den suchenden Fingern.

Ich versuchte, den Rauch nicht auszuatmen, musste aber husten.

»Mein Hals brennt wie Feuer«, winselte ich.

»Dein erster Joint?«, fragte Murat.

Wir lagen auf einer alten Decke auf der Dachterrasse. Über uns der funkelnde Sternenhimmel. Unten ebbte der Lärm der Feier langsam ab. Murats schwarze Locken flatterten sanft im Wind.

»Gibt es noch andere Sachen, die du noch nicht getan hast?«, wollte er wissen. »Hast du schon mal Alkohol getrunken?«

Ich nickte. »Cognac Courvoisier.«

»Aha, der Herr ist ein Kenner. Allerdings trinke ich lieber Champagner.«

Ich nahm noch einen Zug, dieses Mal ganz vorsichtig, während ich meinen Kopf in den Nacken legte. Ein Stern mit langem Schweif fiel vom Himmel. Ich kicherte.

»Und hast du schon mal mit jemandem geschlafen?«

Ich musste wieder heftig husten.

»Gib her«, sagte Murat. Er nahm mir den Joint aus der Hand und zog ein paarmal daran. Seine Augen schielten.

Er lächelte schwerfällig und sagte: »Ich hab dich was gefragt.«

»Ja!«, sagte ich mit erstaunlich schwerer Zunge. Das Zeug fing offensichtlich an zu wirken. Mir wurde schwindlig im Kopf. Die Sterne funkelten noch stärker, und Murats Augen schienen himmelblau zu sein. Die niedliche Raupe über seinem Mund wurde lebendig.

Ich kicherte. Ehe ich mich versah, fing ich an von, Véronique zu erzählen. Trotz des Joints konnte ich die kleinsten Details überraschend lebendig im Geiste vor mir sehen. Ich war erleichtert, dass ich endlich jemandem mein Herz ausschütten konnte. Als ich zu Ende erzählt hatte, nahm ich noch schnell einen Zug von dem Stummel und wandte den Kopf ab. Meine Wangen glühten vor Scham.

Murat schwieg minutenlang. Schon bereute ich meine Offenherzigkeit und war drauf und dran wegzulaufen, als ich seine Hand in meinem Nacken spürte.

»Manche Männer mögen nun einmal keine Austern«, sagte Murat. »Die wollen lieber eine saftige Merguez.«

Seine Hand begann mich zu streicheln. »So wie wir.«

Das ist es, was ich will. Das spürte ich mit jeder Faser meines Körpers, als er mich dicht an sich zog, und ich seinen wunderbaren Duft einsog. Das ganze Rumgemache mit Véronique war eine Komödie gewesen, eine schlecht gespielte Komödie. Mit Murat ging alles wie von selbst.

Am nächsten Mittag wachte ich mit rasenden Kopfschmerzen auf. Die Sonne brannte gnadenlos. Ich war klitschnass geschwitzt. Was machte ich auf dem Dach? Als ich mich aus der durchgeweichten Decke rollte, kam alles wieder. Murat! Wo war er? Er hatte doch hier bei mir gelegen? Ich hörte unten Gemecker und das Geklapper von Löffeln in Schüsseln. Sie saßen schon am Tisch! Stolpernd stand ich auf und packte das rote Hemd, das dort sorgfältig zusammengefaltet lag. Ein Zettel fiel heraus:

Entschuldige, kleiner Grashüpfer, ich wollte dich nicht wecken, aber du schliefst wie eine Wüstenrose (starkes Zeug, das Tétouan-Gras). Wir sind nach Hause gefahren. Oder besser: mussten nach Hause fahren. Mein Vater muss eine wichtige Sache erledigen, und da wir eine Gruppenkarte für den Zug haben ... Ich finde es jammerschade. Gerade jetzt, wo wir uns näher kennenlernen. Das Hemd kannst du als Andenken behalten.
Hoffentlich bis sehr bald. Alles Liebe, Murat

»Zieh den roten Lumpen aus«, schnauzte mein Vater mich an, als ich die Treppe runterkam. »Eine Schande ist das!«

Die Gäste schauten peinlich berührt weg. Ich trollte mich und kam in einem sauberen weißen Hemd wieder.

Das Fest dauerte noch zwei Tage, aber ohne Murat amüsierte ich mich nicht. Und warum schaute mich meine Mutter immer so besorgt an? Als ob ich ernsthaft krank wäre. Sie antwortete nicht, als ich fragte, was los sei. Mein Vater blieb mir gegenüber mürrisch, aber am letzten Tag der Feier war er freundlicher. Adnane tanzte und lachte wie noch nie, während er abschätzig auf mich herabsah. Was war bloß los?

Erst abends wurde es mir klar. Zohra klopfte an meine Zimmertür.

»Alles o.k., kleiner Bruder?«

Ich saß am Schreibtisch und schrieb eine Antwort auf den Brief von Murat. Blitzschnell legte ich ein Buch darüber.
»Ja, ich komm gleich«, antwortete ich.
Zohra kam herein und schloss die Tür. Sie lehnte an der Wand und schaute sich das rote Hemd an, das über meiner Stuhllehne hing.
»Schade, nicht wahr?«, seufzte sie.
»Schade?« Ich zerknüllte den Brief an Murat und warf ihn achtlos in den Papierkorb.
»Dass er weg ist.«
»Wer?«
Sie zeigte auf das rote Hemd.
Ich nickte. »Es war gerade so schön mit ihm zusammen.«
Zohra stellte sich hinter mich und ließ ihre Finger über das Hemd gleiten.
»Ich finde ihn auch toll«, seufzte sie. »Aber gut, wenn er sich mehr für dich interessiert ...«
»Wie meinst du das?«, stotterte ich.
»Ich weiß alles«, sagte sie leise.
Ich drehte mich zu ihr, mein Gesicht war ein einziges Fragezeichen.
»Gestern Morgen hörte ich, wie Adnane sich mit Vater unterhielt. Er hat euch zugeschaut auf der Dachterrasse und alles gepetzt. Mutter weiß es auch.«
»Der Schuft!«, rief ich.
»Vater meint, dass Murat die größte Schuld trifft. Einen gemeinen Drogendealer nannte er ihn. Zu Onkel Ali sagte er, dass er Drogen nicht im Haus haben will. Vor lauter Scham ist Onkel Ali sofort mit seiner Familie abgereist.«
»Also hat Vater nur über die Drogen mit ihm gesprochen ...«
»Offensichtlich, das andere konnte er wahrscheinlich nicht über die Lippen kriegen.«

»Das andere ...«, murmelte ich. Bilder von blauen Augen voller Begierde, wandernden Lippen und nachgebenden Schenkeln schossen mir durch den Kopf. Ich verbarg das Gesicht in meinen Händen.

»Für mich ist das kein Problem. Wenn du glücklich bist ...«, flüsterte Zohra.

Ich sprang auf. »Dieser Drecksack! Ich bring ihn um!«

Zohra hielt mich zurück. »Lass Adnane in Ruhe. Das würde nichts an der Situation ändern.«

»Ich schlag ihn windelweich, den Verräter!« Ich riss mich los und lief zur Tür, aber mit einem Hechtsprung packte mich Zohra an den Beinen. Ich fiel bäuchlings auf den Boden.

»Hör zu«, sagte sie, »du tust so, als hätte ich dir nichts erzählt, sonst wird es ein Drama. Konzentrier dich auf Murat. Es muss doch eine Möglichkeit geben, ihn wiederzusehen.«

Ich schickte meinen Brief ab. Murat schrieb zurück, und zu einem vereinbarten Zeitpunkt ging ich zum Postamt, wo er mich von seiner Arbeit aus anrief. Er lud mich ein, an Ramadan bei ihm in Fès zu übernachten. Ich lief wie auf Wolken. Eigentlich musste ich dringend eine Arbeit suchen, aber danach stand mir nicht der Sinn. Ich ging kilometerweit am Strand spazieren oder betrachtete Murat stundenlang auf dem Familienfoto von der Hochzeitsfeier.

Bis ich eines Tages vergeblich auf seinen Anruf wartete. Ich schrieb ihm einen Eilbrief, aber bekam keine Antwort. Ich rief in seinem Hotel an. Da arbeitete er nicht mehr. Bei Onkel Ali zu Hause hatten sie kein Telefon. Was war geschehen? Nach zwei Wochen hielt ich es nicht mehr aus. Ich nahm den Zug nach Fès.

Onkel Alis Haus war das einzige in der Straße, bei dem alle Fensterläden geschlossen waren. Der Jasmin hing traurig und vergessen von der Fassade herunter. Von drinnen kam nicht das leiseste Geräusch. Meine Cousine Saïda machte die Tür auf. Ihre Augen waren rot, und sie lächelte schwach. Ich trat in den dunklen Flur.
»Wo ist Murat?«
»Sei still, Mutter liegt krank in ihrem Zimmer. Krank vor Kummer«, flüsterte Saïda. »Murat kannst du erst morgen früh sehen.
Ich griff sie bei den Schultern. »Ich will ihn jetzt sehen. Jetzt sofort.«
Saïda bekam Tränen in die Augen. »Omar ... ich verstehe das selber alles nicht, aber ...«
»Aber was?«
»Er ist im Gefängnis!«
Warum er festgenommen wurde, wusste Saïda nicht. Sie hatte nur etwas von »perversen Dingen« reden gehört, als ein Polizeibeamter da war, um Onkel Ali zu unterrichten. Ich wollte mehr wissen, aber meine Tante durfte nicht gestört werden, und mein Onkel war auf Geschäftsreise.
Am nächsten Tag wartete ich zusammen mit ungefähr hundert anderen Besuchern um acht Uhr morgens in einer Schlange vor dem Gefängnistor. Alle halbe Stunde wurden genau sieben Personen hineingelassen. Drinnen war ein fürchterliches Gedränge, sehr zum Vergnügen der Wärter am Eingang, die mit ihren unangebrachten Bemerkungen die Menge noch nervöser machten. Nachdem wir durch den Eingang gegangen waren, wurde die Gruppe, in der ich mich befand, in ein kleines, staubiges Büro geführt. Hier mussten wir ein Formular mit persönlichen Angaben ausfüllen und den Namen der Person angeben, die wir sehen wollten. Danach

wurden wir gründlich durchsucht und in einen dunklen Saal geführt, der durch Gitterstäbe geteilt war. Auf beiden Seiten der Stangen standen Stuhlreihen. Ich setzte mich auf den mir zugewiesenen Stuhl und wartete. Alle Besucher blickten angestrengt auf die schwere Metalltür in der Ecke. Nach einer Weile schwenkte sie quietschend auf, und es wurden Männer in mausgrauer Gefängniskleidung hereingelassen. Ich sah Murat als Letzten in der Reihe. Mit hängenden Schultern schlurfte er zum Stuhl gegenüber von mir. Seine Haare und sein Schnurrbart waren abgeschnitten. Als er mich sah, verzog er die Lippen zu einem müden Lächeln. Er hatte dunkle Ränder unter den geschwollenen Augen. Er war dünn und kreidebleich. Seine Augen waren nicht mehr blau, sondern grau und stumpf.

»Murat, wie geht es dir?«, stammelte ich.

Er schüttelte traurig den Kopf. »Ich geh hier kaputt.«

Minutenlang saßen wir da, ohne etwas zu sagen. Je länger wir uns anschauten, desto blauer schienen seine Augen zu werden. Schließlich erzählte er stockend seine Geschichte. Vor ein paar Wochen war er in einem Hamam. Dort hatte er einen Deutschen kennengelernt. Klaus hieß er. Es funkte sofort zwischen ihnen, und sie beschlossen, die Nacht zusammen zu verbringen. Bei Murat zu Hause ging es natürlich nicht. Sie landeten in einem schmierigen Hotel, in dem sie zwei Einzelzimmer bekamen. Bevor sie es selbst realisierten, war es geschehen: Murat wurde im Zimmer von Klaus auf »frischer Tat« von der Polizei erwischt. Der Mann vom Empfang hatte auf der Lauer gelegen und ihn bei Klaus ins Zimmer huschen gesehen, woraufhin er die Polizei anrief. Murat wurde verhaftet, dem Deutschen passierte nichts.

»Artikel 489. Ich kann drei Jahre Gefängnis bekommen. Man kann nichts machen, sagt der Anwalt.«

Ich wollte etwas sagen, um ihm Mut zu machen, fand aber keine Worte.

»Es tut mir leid«, stammelte Murat. »Ich wollte dir nicht wehtun.«

Ich gab ihm die längliche Schachtel, die ich durch Bestechung eines Wächters in das Gefängnis hineingeschmuggelt hatte.

Mit zitternden Fingern öffnete Murat die Schachtel. Er lächelte schwach, als er die Flasche Champagner sah.

»Die hab ich in einem schicken Touristenhotel gekauft«, sagte ich.

Sein trauriges Lächeln ging mir durch Mark und Bein. »Dass du hier bist, ist die Hauptsache«, sagte er.

Eine ohrenbetäubende Klingel ertönte. Murat wurde zurück in seine Zelle gebracht.

»Dreckige Schwuchtel!«, fuhr ihn ein Gefängnisaufseher an. Und ohne Skrupel beschlagnahmte er die Flasche.

Einen Monat später wurde Murat zu zwei Jahren Haft verurteilt.

Ich kann nicht schlafen. Jetzt erst begreife ich, wie still es nachts in Antwerpen ist. Hier in Casablanca dagegen hallt das Gelächter und Fluchen der Müllmänner zwischen den Häusern wider, versuchen sich die Fernseher der Nachbarn bis lange nach Mitternacht gegenseitig in Lautstärke zu übertrumpfen, schreien Babys, die wegen der Hitze nicht schlafen können, und die Stimme des Muezzin schallt alle paar Stunden über die Dächer und ruft jeden dazu auf, Allah zu ehren. Ich bin daran nicht mehr gewöhnt. Aber ich bleibe vor allem wach wegen Murat. Wie wird es ihm jetzt gehen? Ob er immer noch im Gefängnis sitzt? Ungefähr vor einem Jahr habe ich ihm einen Brief aus Belgien geschickt, den er auch erhielt, denn einen Monat später bekam ich eine Karte. Er dankte mir und schrieb, dass er es sehr schwer hätte, aber dass er die Zähne zusammenbiss.

Murat im Besuchersaal des Gefängnisses. Die ganze Nacht geistert mir dieses Bild durch den Kopf, genau wie damals, nachdem ich ihn dort besucht hatte.

fünf

Nichts interessierte mich mehr. Ich lag tagelang auf meinem Bett und starrte an die Decke. Die ganze Zeit dachte ich an Murat. Was er mit diesem Deutschen gemacht hatte, verletzte mich, aber ich verzieh ihm. Jetzt verkümmerte er da in seiner Zelle.

Und ich saß hier in meinem Zimmer. Ihn noch einmal besuchen? Das war unmöglich. Fès ist zu weit von Casablanca entfernt, dafür hatte ich nicht das Geld.

In den ersten Wochen schrieb ich ihm Briefe, aber ich bekam keine Antwort. Wurden die auch von den Gefängniswärtern beschlagnahmt? Ich versuchte es über seine Schwester Saïda. Sie ging Murat besuchen, aber ein Wärter fing den Brief ab und verlangte Schmiergeld. Das hatte Saïda nicht. Der Wärter lachte sie aus und zerriss den Brief.

Ich hörte die klagende Stimme von Murat in jedem nächtlichen Geräusch. Am Tage sah ich sein Gesicht in den Wasserflecken an der Decke, während der Wind tröstende Worte mit hohem Klang durch die Ritzen des Fensters blies. Der Einzige, der mir Halt gegeben hatte, war zu einem Gespenst geworden. Ein unerreichbares Gespenst. Auf wen konnte ich jetzt noch zählen? Auf Zohra? Sie kam regelmäßig in mein Zimmer, um mir Mut zuzusprechen. Ihre Worte hatten keinerlei Wirkung. Ich wurde mitgerissen von einem glucksenden Strudel aus Dunkelheit. Zu kämpfen hatte ich keine Kraft. Und von selbst schaffte ich es nicht, mich an der Oberfläche zu halten. Eine üppige Oase war nicht in Sicht, vor mir lag eine Leere, die immer dunkler wurde.

Ich aß nicht mehr. Wusch mich nicht mehr. Sah ganz grau aus. Meine Mutter dachte, ich hätte irgendeine schreckliche Krankheit. Ich hatte meinen Eltern zwar erzählt, dass Murat im Gefängnis saß, allerdings verschwieg ich ihnen den Grund. Er war zu Unrecht des Diebstahls am Arbeitsplatz bezichtigt worden, hatte ich ihnen weisgemacht. Meine Mutter ließ einen Arzt kommen. Der fand nichts.

»Viel Ruhe und vor allem gut essen«, riet er.

Meine Mutter bereitete mir mein Lieblingsessen zu, aber ich bekam keinen Bissen herunter. Völlig verzweifelt hielt sie mir die Nase zu und zwang mich, einen Löffel Suppe runterzuschlucken. Ich erbrach alles.

Drei Wochen später war ich nur noch Haut und Knochen und lag fast bewusstlos im Bett. Meine Familie war ratlos. Sie ließen einen Wunderheiler kommen, der mir mit Gesängen zusetzte und dabei meinen Kopf in seinen ausgemergelten Händen hielt. Ihm zufolge war ich von einem Dämon besessen. Er hing mir Amulette um den Hals und rieb meine Schläfen mit stinkender Salbe ein. Es nützte alles nichts.

»Wenn das so weitergeht, muss er ins Krankenhaus und künstlich ernährt werden«, warnte der Doktor.

In dieser Nacht hatte ich einen Fiebertraum. Ich schwebte aus meinem Bett durch die Zimmerdecke in den Himmel. Unter mir sah ich Casablanca, aber alle Häuser waren verwüstet und schwarz versengt, als hätte ein riesiger Brand gewütet. Der Gestank von faulem Fleisch stieg aus den Trümmern empor. Dann wurde der Geruch angenehm süßlich, und ich schwebte in einer großen weißen Wolke. Dichter Nebel um mich herum. Dröhnendes Gelächter zerriss die Stille. Das Lachen kam mir bekannt vor. Plötzlich erschien ein vertrautes Gesicht im Nebel. Ein faltiges Gesicht mit zahnlosem Mund und flatternden Segelohren. Die spindeldürre Erscheinung lachte mir zu und steckte mir eine getrocknete Aprikose in den Mund. Das Obst hatte einen göttlichen Geschmack.

»In dem Moment fingst du zu schmatzen an«, erzählte mir meine Mutter später. Sie hielt Wache neben meinem Bett und sah, wie mir der Speichel am Kinn entlanglief.

»Aprikosen«, fantasierte ich. »Getrocknete Aprikosen …«

Meine Mutter raste zum Laden, weckte mit ihrem nächtlichen Gehämmer an der Tür den Ladenbesitzer auf und kaufte seinen ganzen Vorrat an getrockneten Aprikosen. Sie steckte mir eine in den Mund. Gierig begann ich zu saugen und zu kauen. Ich aß wieder.

Ins Krankenhaus brauchte ich nicht, aber ich war so geschwächt, dass ich noch wochenlang das Bett hüten musste. Meine Mutter wich mir nicht von der Seite.

Eines Tages erwachte ich aus einem langen, ruhigen Schlaf. Meine Mutter saß neben mir am Bett und nähte. Ein rotes Hemd. Das von Murat. Die Ärmel waren zerrissen. Wie war das passiert? Sie biss den Faden ab und legte das Hemd auf ihren Schoß. Ich sah sie an.

Sie schluckte. »Es ist alles seinetwegen, nicht wahr?«

Sie versuchte zu lächeln, aber ihre Augen wurden feucht. Ich nickte.

Sie legte ihre kühle Hand auf meine Stirn.

»Das geht schon vorbei, wenn du erst einmal das richtige Mädchen kennenlernst.«

Bis zum Sommer fühlte ich mich besser. Körperlich, denn seelisch war ich wie ein ausgetrockneter Kaktus. An einem heißen Nachmittag lümmelte ich mich unter dem Feigenbaum, als ein dunkelblauer Mercedes vor unserem Tor hielt. Das Dach war meterhoch mit Koffern beladen, und im Wagen selbst saßen zusammengequetscht wild gestikulierende Personen. So ein seltsames rotweißes Nummernschild hatte ich noch nie gesehen. Der Fahrer, ganz vornehm im Maßanzug, stieg aus und nahm seine Sonnenbrille ab. Onkel Salem! Der Bruder meiner Mutter. Dass er nach dieser tagelangen Reise noch so frisch aussah! Ein Mercedes mit Klimaanlage … Offensichtlich hatte er es in Belgien zu etwas gebracht.

»Was für eine Überraschung!«, jubelte meine Mutter aus dem Schlafzimmerfenster. Sie rannte nach unten.

Ich blieb an meinem Baumstamm sitzen und tat so, als würde ich schlafen.

»Den ganzen Monat! Großartig!«, rief meine Mutter. »Omar! Komm und schau, wer da ist!«

Mühsam stand ich auf und schlurfte zu der Gruppe bei dem Mercedes. Mein Mund formte sich zu einem aufgesetzten Lächeln. Es tat weh. Meine Mutter flüsterte meinem Onkel und meiner Tante etwas zu. Dann breitete sie ihre Arme aus und gluckste: »Aber jetzt, wo seine Cousins und Cousinen da sind, wird sich das schnell ändern!« Ich ahnte nicht, wie recht sie mit ihren Worten haben sollte.

Meine beiden Cousins und die drei Cousinen stiegen aus dem Auto. Ashour, der Älteste, war ein kräftiger Kerl geworden. Zu seiner weißen Jeans trug er nur noch eine schwarze Lederweste. Seine muskulöse Brust und sein straffer Bauch waren beeindruckend. Ich glotzte sprachlos von der auffälligen Silberkette um seinen Hals zu dem zarten Haarwirbel, der unter seinem Hosenbund verschwand.

»Zwei Jahre schwitzen und schuften«, sagte er. »Dreimal die Woche Gewichte stemmen. Dreimal Ausdauertraining. Einen Tag ausruhen. Und du?« Er gab mir einen Schubs gegen meine Hühnerbrust.

»Hey, Kleiderschrank, geh mal zur Seite«, rief seine Schwester Latifa. Sie stellte sich vor ihn, warf mit einer zierlichen Bewegung ihre glänzenden schwarzen Locken nach hinten und gab mir die Hand. Ihr Opalring funkelte in der Sonne.

»Omar.«

»Latifa ...«

War das das schüchterne kleine Mädchen, das sich vor fünf Jahren kaum in meine Nähe traute?

»Wie lebt es sich in unserem geliebten Königreich des Maghreb?«, fragte sie mit der Allüre einer Prinzessin, die ihre Untertanen besucht.

Ich wurde rot. War da etwa Spott in ihren Augen?

Tante Noor rettete mich. Sie packte mich am Hals und gab mir ein paar schmatzende Küsse auf die Wangen. Onkel Salem schüttelte mich herzlich bei den Schultern, während die beiden Kleinsten, die mich noch nie gesehen hatten, an meinen Hosenbeinen hingen. Meine Cousine Yasmina beließ es bei einem Kopfnicken.

Sie hatten die tollsten Geschenke aus Belgien mitgebracht. Eine Kaffeemaschine, einen Föhn, eine elektrische Bohrmaschine, kiloweise Kekse und eine große Schachtel Pralinen.

»Echte Pralinen von Leonidas«, sagte meine Tante feierlich. »Die besten auf der Welt. In Amerika bezahlt man einen

Dollar pro Stück. Meine Mutter schüttelte die Schachtel und riss ohne viel Aufhebens die goldene Verpackung auf.

»Wie isst man das?«, fragte sie. Die Pralinen waren zu einem klebrigen, schwarzweißen Brei geschmolzen.

»Latifa, ich hatte dir gesagt, sie in die Kühltasche zu legen«, jammerte meine Tante. Sie wollte die Überreste in den Mülleimer werfen, aber meine Mutter hielt sie zurück.

»Noor! Wir sind doch nicht in Belgien! Da mache ich noch Kakao draus.«

Für mich hatten sie ein T-Shirt gekauft. Darauf war eine dreieckige Papiertüte in den belgischen Nationalfarben drauf. Dicke Pommes frites quollen aus der Tüte. A TASTE OF BELGIUM, las ich.

»Anziehen!«, rief Yasmina.

»Zeig mal, ob du eine Männergröße hast«, neckte mich Latifa.

Ich hatte keine andere Wahl. Ich zog mein abgetragenes schwarzes T-Shirt aus. Die spöttischen Blicke der Mädchen glitten über meine bleiche Haut. Meine Brustwarzen wurden hart.

»Ist hier schlechtes Wetter gewesen?«, kicherte Yasmina.

Als sie anfing, von Sonnenbänken zu erzählen, gab ihr Latifa einen Stoß in die Rippen.

»Süß, findest du nicht auch, Yasmina?«, zwinkerte sie ihr zu.

Das T-Shirt schlabberte um meinen Körper wie die Djellabah von Abdellah.

»Bei Ashour spannte es etwas«, prustete Yasmina.

»In Belgien ist eine Nummer zu groß grade in Mode«, beschwichtigte Latifa. Ich breitete die Arme aus und ließ meine Hände schlaff nach unten hängen. Ashour, der die ganze Zeit mit seinem vergoldeten Feuerzeug spielte, hatte das Theater satt. »Hey, Vogelscheuche, gehen wir endlich schwimmen?«

Latifa und Yasmina sorgten für viel Aufsehen am Strand. Solche freizügigen Bikinis hatte man hier noch nie gesehen. Ashour, mein Bruder Tarek und ich setzten uns wie Leibwächter um sie herum. Die jungen Fußballspieler, die sonst ihren Ball für nichts und niemanden zur Seite legten, hörten auf zu spielen. Sie trockneten sich den Schweiß ab und beobachteten die Mädchen durch ihre Handtücher. Sie kamen näher. Sie schubsten sich gegenseitig, machten Handstand und taten so, als ob sie kämpften – es machte alles keinen Eindruck. Latifa und Yasmina würdigten sie keines Blickes. Sie holten beide ihren Walkman aus der Strandtasche, setzten ihre Sonnenbrillen auf und räkelten sich auf den Badetüchern.

Erst als die aufgeregten Fußballer ihr Spiel wieder aufnahmen, gab Ashour den Startschuss.

»Wer zuerst dahinten ist«, forderte er uns heraus. Er zeigte auf eine rote Boje ziemlich weit draußen im Meer. Ashour und Tarek tauchten wie glatte Delfine in die Wellen. Ich hinterher mit dem Schwung eines Achtzigjährigen. Tarek erreichte die Boje zuerst. Ich sah, wie Ashour ihn hinterhältig untertauchte.

»Du hast mir mit dem Fuß ins Gesicht getreten!«, rief er. Tarek spuckte ihm Wasser in die Augen und schwamm weg. Ashour wartete bei der Boje auf mich. Aber als ich keuchend ankam, tauchte er unter. Fast eine Minute lang ließ er sich nicht blicken. Da ertönte ein Kriegsschrei, und er hielt mich von hinten fest. Er klemmte seine Arme und Beine um meinen Körper. Mit aller Kraft versuchte ich mich loszumachen. Unmöglich. Sein männlicher Geruch machte mich völlig wehrlos. Ich ließ mich hängen und atmete tief ein. Meerwasser mit einem Hauch Achselschweiß, Moschus und Haargel. Er fing zu trällern an, der Mistkerl. Seine harten Bartstoppel rieben in meinem Nacken.

Er lachte mir ins Ohr. »Geht es noch, Habibi, mein Schatz?«

Ich winselte. »Lass mich los.«

»Das magst du doch so gerne?«

»Lass mich los oder ich pisse!«

»Du Mistkerl!«

Er ließ los und tauchte unter. Bevor ich reagieren konnte, hatte er meine Badehose runtergezogen. Triumphierend schwenkte er sie über seinem Kopf hin und her.

»Komm und hol sie dir!« Er nahm die Badehose zwischen die Zähne und schwamm zum Strand. Ich fühlte, wie meine Stirnader anschwoll. Blitzschnell pumpte sich Kraft in jede Faser meines Körpers. Ich setzte zur Verfolgung an. Ashour war jetzt ganz nah. Eine hohe Welle ließ ihn verschwinden. Hatte ich nur den Eindruck oder blies der Wind wirklich stärker? So wild schlugen die Wellen doch grad eben noch nicht? Da tauchte Ashour wieder auf. Wieder so eine hohe Welle. Er verschwand. Was hatte er nun wieder vor? Wenn er es wagte, mich anzugreifen, würde er mein Knie zwischen die Beine bekommen. Ich hatte keine Lust mehr. Er blieb ziemlich lange unter Wasser. Plötzlich Geschrei hinter mir. Da strampelte er. Sein Gesicht war weiß, und er kam nicht mehr vorwärts.

»Komm schon, Rambo!«, rief ich. »Zu viele Pralinen gegessen?«

Ashour begann zu schnaufen. Seine Augen verdrehten sich.

»Gib mir meine Hose wieder, sofort!«

»Hilf mir ... kann nicht mehr ... Krämpfe«, stöhnte er. Eine große Welle schlug über mich hinweg. Als ich nach oben kam, war Ashour nirgends mehr zu erblicken. In der Ferne hörte man das Geschrei von den Mädchen. Tarek schwamm wie ein Besessener auf uns zu, aber er war noch ein ganzes

Stück entfernt. Um mich herum nur Gischt und Rauschen. War das meine Badehose? Nein, nur ein Stück Seetang. Ein Sonnenstrahl ließ plötzlich etwas unter Wasser aufblitzen: die silberne Kette von Ashour! Ich tauchte danach und fühlte seinen Rücken. Er bewegte sich nicht mehr. Ich zog ihn an den Haaren hoch, packte ihn am Hals und hielt ihn über Wasser. Endlich, da war Tarek. Jeder mit einem Arm unter seinen Achseln schleppten wir den Koloss in Richtung Strand. Die Fußballer halfen, ihn aufs Trockene zu ziehen.

Latifa kam angerannt und band mir ein Handtuch um die Hüften.

»Er atmet nicht mehr!«, rief jemand.

»Tu doch etwas! Schnell!«, schrie Yasmina.

Mein Erste-Hilfe-Kurs! Wie hatte der Sanitäter das noch mal vorgemacht? Ich kniete mich neben Ashour und zog seinen Kopf nach hinten. Mund auf. Zunge nach vorne ... Beatmung. Die Hand auf das Herz. Zwei kräftige Stöße ... Und wieder Beatmung.

»Da, seine Augen bewegen sich«, rief Latifa.

Ich hörte mit der Beatmung auf. Ein Krampf ließ seinen Brustkorb erzittern. Seine Lungen füllten sich mit Luft. Er atmete. Wir halfen ihm hoch. Laut würgend erbrach er das ganze Wasser aus seinem Magen. Latifa und Yasmina flogen uns um den Hals.

Wir schleppten Ashour zum Mercedes. Latifa, die zwar noch keinen Führerschein hatte, aber in Belgien schon ein paarmal gefahren war, setzte sich ans Steuer. Tarek und ich mussten Ashour auf dem Rücksitz stützen. Ich nahm sein Kinn in die Hand und lachte: »Wird's denn gehen, Habibi?«

Am Abend kam ein Nachbarsjunge und brachte meine Badehose, die am Strand angespült worden war.

In diesem Sommer war es sehr heiß in Casablanca. Im Haus hing die Luft schwer und muffig. Man konnte kaum atmen, geschweige denn etwas essen. Nach vielem Hin und Her durften wir draußen unter dem Feigenbaum picknicken.

»Aber Jungs und Mädchen getrennt!«, verlangte mein Vater. »Es wird schon genug geredet!«

Unser erster Tag am Strand hatte tatsächlich die Runde in der Nachbarschaft gemacht. Von nun an mussten meine Cousinen im T-Shirt an den Strand. Sogar im Wasser durften sie es nicht ausziehen. Wir sind doch nicht in Belgien!

Wir spannten ein altes Laken unter den Feigenbaum. So hatte jeder seinen Platz im Schatten. Adnane weigerte sich, mit uns zusammen zu essen. Er zog das dunkle, beklemmende Wohnzimmer und das Genörgel von meinem Vater und meinem Onkel vor. Meine Mutter und Tante Noor, die es in der Küche nicht aushielten, aßen mit den Mädchen.

Trotz der Hitze waren Ashour und ich schwer beschäftigt. Aus Eisenstücken, die wir über Adnane aufgetrieben hatten, machten wir Gewichte, und an einen Ast hingen wir Metallringe. Jeden Morgen standen wir um sechs Uhr auf, um zu trainieren. Meine gute Laune stieg in dem Maße, wie sich meine Muskeln entwickelten. Einmal wagte es Ashour mich auszulachen, als ich zehn Kilo nicht hochstemmen konnte. Ich brauchte ihn bloß an unseren ›Lebenskuss‹ zu erinnern, und er machte sich klein wie ein Junge vor seiner Beschneidung.

Am Strand nahm Latifa immer öfter ihren Walkman ab, um sich mit mir zu unterhalten. Ich erfuhr, dass sie gerade die Realschule abgeschlossen hatte und dass sie eine Ausbildung als Kosmetikerin anfangen wollte. Ihre Eltern fanden das gut. Man musste als Frau in Belgien seinen Mann stehen.

Nur hatte sie nicht die Freiheiten, die Ashour hatte. Sie durfte nie tanzen gehen. Auf der Straße mit Jungs reden, ging auch nicht. Aber sie hatte mit Yasmina ein eigenes Zimmer. Da hatte mein Onkel einen alten Fernseher und einen gebrauchten Videorekorder aufgestellt. Jedes Wochenende gingen Latifa und Yasmina zur Videothek. Die Kassetten, die sie ausliehen, waren in neutralen Hüllen, so dass sie jeden Film, den sie wollten, anschauen konnten. Und was hatten sie nicht alles schon gesehen! Ich hatte doch bestimmt auch schon gehört von *Betty Blue – 37,2° am Morgen* oder von *9 1/2 Wochen*? Ich schüttelte den Kopf. Nein, solche Filme würden in Marokko natürlich nie gezeigt, spottete sie.

»Wie schauen vor allem ägyptische Filme«, sagte ich. »Auch sehr romantisch.«

Latifas überlegenes Lächeln gefror auf ihrem Gesicht. Hatte ich etwas Falsches gesagt? Sie starrte auf die Wellen und drehte ihren Ring ein paarmal am Finger. Sie saugte an ihrer Unterlippe.

»Ich habe Angst«, sagte sie. »Meine Eltern wollen mich mit einer guten Partie verheiraten.«

»Mit wem denn?«

»Den werden sie für mich aussuchen. Zum Glück haben sie noch niemanden im Auge.«

Ich nickte. Wir schwiegen eine ganze Weile. Neben uns war Yasmina mit ihrem Walkman auf dem Kopf eingeschlafen. Ashour und Tarek spielten Fußball.

»Kannst du mich eincremen?«, fragte Latifa.

»Was? Du willst doch nicht etwa dein T-Shirt ausziehen?«

»Machst du immer, was deine Eltern sagen?«

»Aber? Jeder kann uns sehen ...«

»Die paar Kinder? Und die anderen spielen Fußball. Komm schon, stell dich nicht so an.«

Sie zog ihr T-Shirt über den Kopf und legte sich auf den Bauch.
Ich drehte den Deckel der Tube auf. Schaute auch niemand her? Also dann los. In dicken Schlieren schoss die Creme aus der Tube.
»Vorsichtig!«, lachte Latifa.
Großflächig verschmierte ich die Creme. Latifa fing an, leise zu stöhnen. Ihre Haut fühlte sich weich und warm an. Seltsam, aber ich bekam einen trockenen Hals davon. Als hätte ich eine Handvoll Sand geschluckt. Meine Finger beschrieben Halbkreise und glitten an ihrem Rückgrat nach unten. Ihr Becken zuckte.
»Betty Blue – 37, 2° am Morgen«, seufzte sie.
Kurz meinte ich den Geruch wahrzunehmen. Den Geruch von Véronique. Oder war es das Meer?
»Gewonnen!«, erscholl es über den Strand. Da kamen Ashour und Tarek angelaufen. Blitzschnell drehte sich Latifa auf den Rücken. Sie schnappte sich mein Handtuch und bedeckte sich damit.
»Herrlich«, sagte sie. »Wenn ich dich auch mal verwöhnen kann …«

Lange brauchte sie nicht auf eine Gelegenheit warten. Als ich an diesem Abend einen Krug Wasser in die Zimmer der Mädchen brachte, lachte Maryam: »Omar, du siehst aus wie ein zerzauster Geschichtenerzähler auf dem Jahrmarkt Jemaa-El-Fnaa!«
Sie hatte recht. In all den Monaten, in denen ich krank war, hatte ich meine Haare nicht schneiden lassen. Durch das häufige Schwimmen in den letzten Tagen stand es in wilden Locken in alle Richtungen ab, genauso wie die bunten Perücken der Geschichtenerzähler in Marrakesch.

»Überlass das mal Latifa, die weiß, wie man so was macht«, sagte Zohra.

»Ein modischer europäischer Schnitt«, versprach Latifa. »So wie Ashour.«

Aus ihrem Schminktäschchen brachte sie eine Schere und einen Kamm zum Vorschein.

»Komm mit ins Badezimmer.«

Ich musste mein belgisches T-Shirt ausziehen und mich auf einen Hocker vor den Spiegel setzen.

Mit dem Wassersprüher für die Pflanzen machte sie meine Haare nass und konnte es sich nicht verkneifen, mir auch den Bauchnabel zu besprenkeln. Während ich immer noch kicherte, weil es so kitzelte, waren ihre flinken Hände schon wie wild am Schneiden.

»Hey, bloß nicht zu kurz«, sagte ich mit besorgter Miene.

»Halt still und lass mich machen«, antwortete sie.

War es das Kitzeln der abgeschnittenen Haare auf meinen nackten Schultern? Ihre Brüste unter der Sommerbluse, die meinen Rücken streiften? Die entschlossene Art und Weise, mit der sie meinen Kopf nach vorne schob und die mich an Youssef mit seiner Haarschneidemaschine erinnerte? Oder war es einfach nur viel zu lange her? Was es auch war, in meiner Strandhose hatte sich eine große Beule geformt. Auch dieses Problem ging Latifa entschlossen an. Sie legte Kamm und Schere beiseite und stellte sich hinter mich. Sie blies das Haar von meinen Schultern und fing an zu massieren. Ihre Finger wanderten zu meinem Hals, während sie mich im Spiegel durchdringend ansah. Ihre Zunge glitt über ihre Oberlippe. Hatte sie das alles aus den Filmen gelernt? Plötzlich zog sie meinen Kopf nach hinten und küsste mich auf den Mund. Wie eine Schlange wand sie sich auf meinen Schoß.

»Keine Angst«, sagte sie. »Die Badezimmertür ist abgeschlossen.«

Alles ging wie von selbst, wie im Traum. Sie massierte meine Beule mit ihrem Becken und kniff mir dabei heftig in die Brustwarzen. Bevor ich mich versah, ergoss ich mich stöhnend in meine Hose. Zeit zur Besinnung bekam ich nicht. Sie zog ihre Bluse hoch und drückte mir eine Brustwarze in den Mund.

»Komm, lutsch!«, befahl sie.

Ich gehorchte. Wieder fing sie an zu stöhnen. Noch heftiger als am Strand. Ich saugte und leckte. Eine Zuckung durchlief ihren Körper. Ein langes Stöhnen. Und das war's dann.

Ich wusste kaum, wie mir geschah, für Latifa hingegen war es so klar wie ein windstiller Wüstenhimmel. Sie war bis über beide Ohren in mich verknallt. Ich war der Mann ihres Lebens.

»Warum heiraten wir nicht?«, fragte sie, als ich meine befleckten Shorts einseifte.

»Heiraten?«, schluckte ich und wickelte mir schnell ein Handtuch um die Hüften. »Aber Latifa, wir sind doch noch so jung ...«

»Wir heiraten in Marokko für die Papiere, dann kannst du nach Belgien kommen. Wir haben Platz genug bei uns zu Hause. Du suchst dir eine Stelle ... Ich machte die Ausbildung zu Ende und eröffne einen Schönheitssalon ... Wir sparen, und in ein, zwei Jahren können wir richtig heiraten.« Wieder glitt ihre Zunge über ihre Oberlippe. »Und bis dahin ... weißt du, in Belgien ist viel mehr möglich als in diesem altmodischen Land.«

Ich bückte mich, um meine abgeschnittenen Locken aufzufegen. Sie stand verträumt am Waschbecken und drehte meine Shorts zu einer Wurst, um den letzten Tropfen auszuwringen. Sie hatte recht. Das war die Lösung. So offen-

sichtlich, so einfach. Weg aus der Aussichtslosigkeit, einer strahlenden Zukunft entgegen. Ein normales Leben. Keine Fehltritte mehr. Ich war nicht »so«. Es ging so einfach mit ihr. Nur mit westlichen Frauen klappte es nicht. Das mit Abdel und Murat waren Jugendsünden. Ich kippte die Locken in den Mülleimer und ließ den Deckel zuknallen.
»Wir machen es!«, rief ich aufgeregt.

Das brauchte ich nicht zweimal sagen. Latifa ergriff sofort diplomatische Maßnahmen. Sie kroch mit ihren Eltern in den Mercedes, um zu beratschlagen. Onkel Salem stellte den Motor für die Klimaanlage an. Von meinem Schlafzimmer aus sah ich sie reden. Latifa wild gestikulierend. Mein Onkel unbeweglich am Steuer. Das würde nicht leicht werden. Warum wusste ich nicht, aber ich war nicht unbedingt sein Lieblingsneffe. Tante Noor starrte aus dem Seitenfenster. Träumte sie schon von einer Hochzeit? Oder hatte sie Zweifel? Ich zog saubere Shorts an und ging nach unten. Mein Vater saß im muffigen Wohnzimmer und nuckelte an der Wasserpfeife, die ich ihm aus Tunesien mitgebracht hatte, meine Mutter traf ich beim Abwaschen an.
»Gut gemacht«, sagte sie und strich mir dabei über das kurze Haar. »Du strahlst wie früher.«
Ich gab ihr einen schmatzenden Kuss auf die Stirn. »Kommst du mal mit ins Wohnzimmer?«

Mein Vater blinzelte heftig mit den Augen, als ich es erzählt hatte. Seine Pfeife hatte er ausgehen lassen. Meine Mutter hob triumphierend ihr Geschirrtuch in die Höhe. »Ich hab's doch gesagt, mein Junge«, jubelte sie.
»Was meinst du damit, Touria?«, fragte mein Vater. Er hatte das Blinzeln seiner Augen nicht mehr unter Kontrolle.

»Na, dass er wieder gesund ist. Völlig gesund.« Sie stellte sich hinter mich und legte ihre Hand auf meine Schulter.

»Und ... was haltet ihr davon?«, fragte ich mit gepresster Stimme.

Mein Vater zündete die Pfeife wieder an. Schmatzend musterte er mich von oben bis unten, während er einen kräftigen Zug nahm. Kurz hielt er den Atem an, um anschließend eine weiße Wolke in meine Richtung zu blasen.

»Wenn deine Mutter es gut findet, finde ich es auch gut.«

Ich stürmte freudig in den Garten. Latifa, mein Onkel und meine Tante saßen immer noch im Auto. Ich setzte mich unter den Feigenbaum. Das Laken wehte im heißen Wind. Wie eine festliche Fahne.

Erst eine halbe Stunde später stieg Latifa aus. Ihre Eltern blieben sitzen und beratschlagten sich noch einmal mit kühlem Kopf. Latifa kam mit gesengtem Blick auf mich zu.

»Es wird alles von der Aussteuer abhängen«, seufzte sie. Aussteuer! Daran hatte ich nicht gedacht. Was sollten meine Eltern mir mitgeben? Ein paar Schafe? Ein ausgedientes Armeegewehr? Gemüse aus dem Garten?

»Ich finde die Aussteuer nicht wichtig, wenn ich nur meine Ausbildung zu Ende machen kann«, machte mir Latifa Mut.

Es wurde eine Elternversammlung anberaumt, um den Knoten durchzuschlagen. Unter dem Feigenbaum saß ich Seite an Seite mit Latifa und wartete auf das Urteil. Sie summte ein Hochzeitslied. Ich wischte mir ständig meine feuchten Hände am belgischen T-Shirt ab.

»Latifa, denkst du, es klappt?«

»Keine Sorge, Omar.«

Ich meinte eigentlich, ob es wohl zwischen uns beiden klappen würde, aber bevor ich näher darauf eingehen konnte, schwenkte die Tür auf.

Mein Vater winkte mich heran.

»Es tut mir leid, die Aussteuer können wir nicht aufbringen.«

Erschrocken sah ich meine Mutter an, die neben ihm stand. Sie verzog keine Miene. Mein Vater hob die Hand. Ich zog den Kopf ein. Er lachte und legte seine Hand in meinen Nacken.

»Aber ...wenn du in Belgien arbeitest und ihre Ausbildung bezahlst, ist es in Ordnung.«

Ich lief zu Latifa und tanze mit ihr im Kreis. Dann sprang ich an die Metallringe am Feigenbaum. Wie ein wild gewordener Affe schaukelte ich hin und her.

»Belgien, ich komme!«

༄

Drohend richtet der schwarze Krieger sein Maschinengewehr auf mich, als ich die Augen aufmache.

Ihm fehlt schon ein Arm, und auf seiner Brust ist mit Filzstift die marokkanische Flagge gemalt. Geschenke haben kein langes Leben bei meinem Neffen Zied.

»Onkel Omar, erzähl uns von Belgien oder Mister T schießt dich tot!«, ruft er.

»Ja, wie ist es da?«, fragt sein Bruder, schon etwas friedfertiger.

Wie junge Hunde springen sie auf meinem Bett herum.

»Stimmt es, dass da alle zwei Autos haben?«

»Und eine Wanne zum Baden?«

Ich erzähle. »Belgien, wie soll ich es beschreiben? Es ist ... wie Casablanca in groß, aber überwuchert von einer riesigen Oase. Überall gibt es Grün: Bäume, Sträucher, Blumen, Rasen.

Das kommt daher, dass es dort so viel regnet. Wasser gibt es fast umsonst. Überall stehen Kirchen anstelle von Moscheen, aber viel Leute gehen nicht hinein. Belgier beten nicht viel. Die Häuser sind nicht weiß so wie hier, sondern rotbraun oder dunkelgelb. Außer einmal im Winter. Da sah alles weiß aus: Häuser, Bäume, Straßen, Autos. Das war Schnee.«

»Onkel Omar, warst du schon mal Skifahren?«, wissbegierige Augen voller Erwartung.

»Farid, Zied, was macht ihr hier?«, Maryam kommt ins Zimmer gelaufen.

»Onkel Omar erzählt von Belgien«, sagt Zied mit Augen so groß wie Satellitenschüsseln.

»Wir können nicht zur Schule«, schmollt Farid.

»Jetzt aber schnell!« Mit drohendem Finger zeigt Maryam zur Tür.

»Kapitän, das ist nichts für ihn. Ich habe es immer gesagt.« Maryam reißt die Schachtel Leonidas-Pralinen auf, die ich ihr mitgebracht habe. Frühstück isst sie nicht. Kaffee genügt, sagt sie. Für mich hat sie ihre Spezialität gemacht. Pfannkuchen mit Datteln! Ich lange zu.

»Es wurde so schlimm, dass er vor einem Monat ins Heim kam. Dort sitzt er jetzt und macht nichts mehr. Außer rauchen, eine Zigarette nach der anderen.« Sie nimmt eine Praline aus der Schachtel, dreht sie zwischen den Fingern und lässt sie in ihrem Mund verschwinden. Ihre Augen ziehen sich vor Genuss zu Schlitzen zusammen. Sie richtet sich auf.

»Also, wie ist es jetzt in Belgien? Erzähl!« Gierig schlürft sie ihren Kaffee und nimmt noch eine Praline.

»Na ja, du bist da ziemlich beliebt«, fang ich an.

»Ich?« schreckt Maryam zusammen, während ihr die Praline aus dem Mund flutscht.

»Dein Bild hängt an jeder Straßenecke.«
Sie schaut mich verdattert an.
»Maryam wird dort verehrt als die Mutter des Propheten Jesus. Du hast sogar einen eigenen Feiertag.«
Maryam zuckt brummelnd mit den Achseln. Sie fischt noch eine Praline aus der Schachtel und schaut mich streng an. Das Funkeln in ihren Augen ist verschwunden.
»Aber wie geht es mit euch? Warum bist du so Hals über Kopf hierhergekommen?«
»Nach den ganzen Bildern wollte ich die echte Maryam wieder einmal sehen«, versuche ich es lachend.
»Omar, hör auf.«
Ich rühre vorsichtig in meinem Kaffee und lutsche auf einem Dattelkern. Soll ich es ihr erzählen? Weiß sie von meinem Abenteuer mit Murat? Wie wird sie reagieren, wenn ich ihr erzähle, was in Belgien passiert ist? Ich traue mich nicht, gebe nur zu, dass Latifa und ich Probleme hatten und dass es nicht sicher ist, ob wir wirklich heiraten. Dass ich hierhergekommen bin, um nachzudenken.
Wie ist es mit ihr und Driss gegangen, will ich wissen.
»Driss, dieser Macho! Er saß die ganze Zeit in den Spielhallen herum. Arbeitete kaum. Ich musste mich um alles kümmern. Und im Bett war er erst recht eine Niete«, zwinkert sie mir zu. Sie nimmt eine schwarze Praline und beißt oben ein Stück ab. Ein Tupfer gelber Krem kommt zum Vorschein.
»Bei euch ist es was anderes«, fährt sie fort. »Du hast einen gut bezahlten Job, und Latifa ist fast fertig mit ihrer Ausbildung. Wo ist das Problem?«
»Ich befürchte, dass Latifa nicht unbedingt mein Typ ist.«
»Tu dir etwas Zitrone in den Tee, Mann! Zu süß ist auch nicht gut! Sicherheit und Vertrauen, da geht es drum. Der Rest ist Nebensache.« Sie fährt mit der Zunge in die Prali-

ne und leckt die Krem heraus. Die leere Hülle verschwindet knackend zwischen ihren Backenzähnen.

»Und viel Datteln essen, das ist wichtig. Dann klappt es auch im Bett.«

Sie pfeffert noch einen Pfannkuchen auf meinen Teller und verschwindet lachend in der Küche. Die Schachtel Pralinen ist leer.

sechs

Ich schwebte durch einen strahlend blauen Himmel. Niedliche Schäfchenwolken trieben vorbei. Summen in meinen Ohren. Ein angenehmes Summen. Weiche, warme Daunen umhüllten mich schützend. Wiegten mich in trägen Wellen. Schließ jetzt die Augen, Habibi, mein kleiner Schatz. Unser erstes Kind nennen wir Samir. Oder Samira, wenn es ein Mädchen wird. Die Sonne schien auf einen Flügel. Dann auf einen See tief unter mir. Ein Schimmern wie von einem Opal. Eine Oase des Überflusses. Eine Prinzessin mit Gazellenaugen wartet auf mich. Gleich werde ich sie küssen. Ein Zittern. Der Himmel veränderte die Farbe. Daunen überall um mich herum. Das Summen wird zum Zischen. Schlangen. Nein, da nicht. Dort gibt es keine Schlangen. Samir, Samira, keine Angst. Ich komme.

Ein Ruckeln weckte mich. Wir waren gelandet. Oben auf der Flugzeugtreppe blieb ich kurz stehen, um mir meine neue Heimat anzuschauen. Kein blauer Himmel, sondern ein graues, tief hängendes Dach. Als ob ich mich in einem schützenden Kokon befand. Flaches Land so weit man blicken konnte. Keine einzige Sanddüne. Überall unbändiges Grün.

Eine Brise feiner Tropfen erfrischte mein müdes Gesicht. Jemand tippte mir auf die Schulter. Ein freundliches Lächeln und exotische Worte, die wie Musik klangen. Hieß mich die Frau willkommen?

In der Ankunftshalle brauchte man nicht selber zu laufen. Das erledigte ein Laufband. Ging hier alles so einfach? In einem Haufen aufgeregter Köpfe erkannte ich sofort das breite Grinsen von Ashour. Er sah wie aus dem Ei gepellt aus mit seiner sportlichen Jacke und dem Pullover von Scapa darunter, aber sein Gesicht war blasser als in Casablanca. Als wäre es mit Bleichmittel gespült worden. War er dünner geworden? Im Neonlicht zeichneten sich seine Wangenknochen unter der Haut ab. Kurz sah ich das Bild eines Totenkopfs.

»Wo sind die anderen?«, fragte ich, nachdem ich ihm zwei pflichtbewusste Küsse gegeben hatte.

»Latifa konnte nicht kommen. Sie hat einen Wochenendjob bei McDonald's.«

Ich schaute betreten auf die Schachtel in meiner Hand. Die Ohrringe mit den Opalsteinen mussten noch warten. Ich steckte sie in meine Jackentasche.

Ashour hob meine Koffer vom Gepäckwagen.

»*Let's go*. Eine halbe Stunde Autobahn und wir sind zu Hause.«

»Vorläufig schläfst du auf der Bank«, gähnte Onkel Salem, während er ›Le Matin du Sahara‹, die marokkanische Zeitung, die ich ihm mitgebracht hatte, zusammenfaltete. »Du kannst hier nicht wohnen. Das versteht sich von selbst. Verlobte unter einem Dach! Was sollen die Nachbarn sagen? Wir müssen so schnell wie möglich eine Wohnung für dich finden.« Er zupfte einen Krümel Tabak aus seinem Bart, betrachtete ihn, als wäre er ein wunderliches Insekt, und rief ohne aufzuschauen: »Yasmina! Mein Tee! Es ist schon zehn Uhr.«

Tante Noor stellte eine Schüssel Tagine vor mich auf den Tisch. Sie hob den Deckel und lächelte wie eine geheimnisvolle Haremsdame durch einen Schleier aus Dampf: »Nach einem Rezept von deiner Mutter.«

Das Gemüse, das Fleisch, die Gewürze, alles war so zubereitet, wie ich es kannte, und doch schmeckte es anders. Ungewohnt, aber dennoch vertraut, genau wie die marokkanische Einrichtung in dieser vornehmen europäischen Wohnung. Der Himmel hängt hier tief, aber die Zimmerdecken sind umso höher, bemerkte ich. Über der Tür, unter einer dünnen Schicht Farbe, waren noch die Umrisse eines Kreuzes zu sehen. Jetzt hing an den kahlen Wänden als einziger Schmuck eine silberne Uhr mit den Schriftzeichen Allahs in zierlichen Goldbuchstaben auf dem Zifferblatt. Schlüsselklappern an der Haustür, Schritte im Flur. Die Wohnzimmertür schwenkte auf. Ich schnellte hoch. Meine Prinzessin! Die Allah-Uhr hörte auf zu schlagen. Das standen wir wie Salzsäulen. Eine ernste Stirnfalte, ein dunkler Schimmer unter ihren Augen, ihr fettiges Haar in einem Knoten … War das die Latifa vom letzten Sommer? Warum sagte sie nichts? Erschreckte ich sie auch so? Das plötzliche Schnarchen von Onkel Salem auf dem Sofa setzte uns in Bewegung. Wir gingen aufeinander zu. Latifa schaute schnell, ob ihr Vater weiterschlief, und küsste mich auf meinen nichts ahnenden Mund.

»Ich gehe duschen«, flüsterte sie. Wie der Geist aus der Wunderlampe drehte sie sich um mich herum und verschwand hinter mir. Ein Wolke von Pommes frites und Hamburgerfett vermischte sich mit den Tangine-Gewürzen. Ein wenig später stand sie wie eine orientalische Prinzessin im Wohnzimmer. Ich gab ihr die Ohrringe.

»Viel zu frivol! Wage es nicht, damit nach draußen zu gehen!«, schimpfte Onkel Salem. Er zog seine spitzen gelben Pantoffel an und schlurfte kopfschüttelnd ins Schlafzimmer.
Latifa ließ den Spiegel sinken und warf ihre Haarpracht nach hinten.
»Ich finde sie schön«, nickte sie mir zu. »Sie passen perfekt zu meinem Ring.«
Ich lächelte schüchtern.
»Du hast einen Blick dafür, meistens sehen Männer so etwas nicht.« Ihr lautes Lachen ließ mich den Kopf einziehen.

Kleidung von Benetton. Uhren von Swatch. Keine Kassetten, sondern CDs. Schön eingerichtete Gaststätten anstatt schmutziger Teehäuser. Keine hupenden Autowracks, keine Handkarren, keine Lastesel, sondern nur Fußgänger und leise plätschernde Musik. Das war eine Oase des Kaufrausches: eine Fußgängerzone. Was für ein Überfluss in den Regalen. Ich wusste nicht, was ich mir von meinem gesparten Geld kaufen sollte. Das fiel den Leuten hier nicht schwer. Beladen mit Einkaufstüten hasteten sie zum nächsten Schnäppchen. Aber warum liefen sie so geduckt? So scheu? Mit ihren sauertöpfischen Mienen … wie Spinnen auf der Suche nach ihrer Beute. Und warum schauten mich manche so misstrauisch an?
In einem Uhrengeschäft fragte ich in meinem freundlichsten Französisch nach ein paar Swatch-Modellen. Die Verkäuferin verzog das Gesicht.
»*Pas français … flamand!*«, schnauzte sie mich an.
Ich konnte kein Flämisch. Englisch dann. Ich machte ihr deutlich, dass ich neu hier war.
»*Ah bon, un touriste*«, sagte sie schon etwas freundlicher. Sie öffnete die gläserne Vitrine und präsentierte mir die Arm-

banduhren. Die weiteren Erklärungen gab sie in perfektem Französisch. Das konnte ich mit meinem Kuskus-Verstand nicht begreifen.

»Antwerpen ist eine flämische Stadt«, klärte mich Latifa abends auf. Mit dem lila Handtuch um den Kopf und ihren Armen, die in der Luft herumfuchtelten, sah sie aus wie eine Orakelpriesterin. »Du musst so schnell wie möglich Niederländisch lernen.«

»Aber sie verstehen mich doch!«, murrte ich.

Sie beugte sich über das Waschbecken und zog mit einem Kajalstift einen schwarzen Strich unter ihre Augenlider. Sie seufzte: »Viele Flamen sind allergisch gegen Französisch.«

»Warum?«

Quälend langsam zog sie einen zweiten Strich und überprüfte das Resultat im Spiegel. Versunken in ihre unergründlichen Augen aus Ebenholz orakelte sie: »Das kommt von Napoleon.«

Sie machte ihr Handtuch los und wirbelte es mir mit einem eleganten Schwung ins Gesicht. »Der hat hier einiges angerichtet.«

Am nächsten Tag hielt sie mir einen Prospekt unter die Nase. »Der Kurs beginnt im Oktober.«

Jetzt, da die Striche unter ihren Lidern durch den Hamburgerdampf verwischt waren, schien sie weniger streng, aber ihr eiserner Wille duldete keinen Widerspruch. Hier komme ich nicht drumherum.

Dirk, der Niederländischlehrer aus dem Gemeindezentrum Bleekhof, glühte vor Enthusiasmus. Er unterrichtete uns nach der neusten Methode. Kamal, Rachid, Hassan Khiari, Hassan Addou und Ben Ali, meine Klassenkameraden, waren Berber mit Bärten und Wollmützen. Sie umklammerten ihren Kugelschreiber fest mit ihren groben Bauernpranken. Ich hatte einen Kugelschreiber von Waterman. Mit offenem Mund schauten sie zu, wie ich in feinen westlichen Buchstaben meinen Namen auf mein Heft schrieb. Kamal und Rachid konnten überhaupt nicht schreiben, und die beiden Hassans kannten nur das arabische Alphabet. Die ersten niederländischen Wörter, die Dirk uns beibrachte, schrieben sie von rechts nach links. Schweißperlen traten auf Dirks Stirn.

»Dich nenne ich Hassan den Ersten und dich Hassan den Zweiten«, sprach er sehr deutlich.

Hassan der Erste nickte würdevoll. Er war ein bescheidener Schuster aus Agadir und fühlte sich sehr geehrt durch den königlichen Titel. Hassan der Zweite war nicht einverstanden. Er, ein bekannter Geigenspieler auf Hochzeiten und Opferfesten aus Meknes, ein Künstler in seinem tiefsten Innern, konnte sich doch nicht mit dem zweiten Platz zufriedengeben.

»Gut, dann bist du Hassan der Erste«, sagte Dirk.

Der andere Hassan sprang wütend auf. Auf Berberisch ließ er eine Schimpfkanonade auf seinen Namensvetter los. Dass er ein Scharlatan war, ein Bettelmusikant aus einem namenlosen Wüstenflecken!

Dirk und mir gelang es schließlich, die Gemüter zu beruhigen. Statt Hassan der Erste und Hassan der Zweite nannte er sie fortan Herr Khiari und Herr Addou.

Ben Ali, der gerade ein marokkanisches Restaurant in der Ommeganckstraat eröffnet hatte, saß die ganze Zeit regungslos wie eine Sphinx daneben. Aber als Dirk von den niederländischen Begrüßungsformeln anfing, schnellte er hoch.

Tot ziens, Auf Wiedersehen, das hatte er noch nie gehört in den sieben Jahren, in denen er hier wohnte.

»Alle sagen hier: *Salu hee*, tschüss«, hielt er mit großer Bestimmtheit dagegen.

»Und es muss heißen ›Wo kommst'n her?‹ anstatt ›Woher kommst du?‹.«

Die Tropfen auf Dirks Stirn wurden zu kleinen Bächen. Er wollte antworten, aber Kamal kam ihm zuvor. »Sind Sie vielleicht gar kein Belgier?«, fragte er. »Sie hören sich an wie ein Holländer.«

Dirk tupfte sich die Schläfen mit seinem Taschentuch und ging zu den Zahlen über. Gerade als Ben Ali von ›zwo‹ statt ›zwei‹ anfing, läutete die Schulglocke.

Dirk arbeitete auch beim Sozialdienst im Gemeindezentrum. Über ihn fand ich eine Wohnung. Im dritten Stock eines alten Bürgerhauses am Koxplein. Mit Aussicht auf eine katholische Kirche und eine Kneipe mit Wahlplakaten in den Fenstern, auf denen Boxhandschuhe und Besen abgebildet waren. Groß war die Wohnung nicht, aber es gab eine kleine Küche und eine Dusche. Die Wände waren beklebt mit weißem Papier voll kleiner Blasen. Das dürfte ich streichen, sagte der Vermieter. Toll! Eine Wand sandfarben, eine andere himmelblau. Ich sah es schon vor mir. Der Vertrag war schnell unterzeichnet.

»Bist du total verrückt geworden?«, tobte Onkel Salem. »Zehntausend Franken!«

Wochenlang hatte er sich abgemüht, für mich etwas Bezahlbares zu finden und jetzt entschied ich hinter seinem Rücken. Und wie wollte ich das bezahlen? Auf ihn sollte ich nicht zählen. Er schnappte sich seine Brieftasche vom Tisch und ging zum Arbeitsamt, um sich seinen monatlichen Stempel abzuholen.

War das der Onkel, der am Steuer seines Mercedes so stolz unsere Straße entlanggefahren kam? Einen Anzug trug er hier nie. Traditionelle Kleidung für zu Hause und billige Klamotten vom Discounter für draußen. Mehl, Milchprodukte und Getränke von Aldi. Im Eckladen seines Freundes Chokri bekam er ein Prozent auf marokkanische Waren. Sparsamkeit, darum ging es ihm. Und vor allem keine unnötigen Ausgaben! Nur so konnten sie bei der Verwandtschaft in Marokko angeben mit ihrem schicken Wagen und die extra für die Ferien gekaufte Markenkleidung.

Etwas Bezahlbares für mich gesucht ... Die letzten Löcher hatte er mir gezeigt!

Ich musste so schnell wie möglich eine Arbeit finden. So wie Ashour. Der machte sich nichts aus der Krämerseele seines Vaters und lebte drauflos.

Ben Ali aus der Ommeganckstraat kam mir zu Hilfe.

»Meinem Rindfleischlieferanten fehlt es immer an Arbeitskräften. Hier ist seine Adresse.«

Am nächsten Morgen stand ich in meinen besten Kleidern an der Bushaltestelle und wartete.

»Jetzt schon Abschlussprüfung?«, lachte ein junger Marokkaner in schwarzen Jeans und Lederjacke.

Ich zuckte mit den Achseln und zog die Krawatte etwas lockerer.

»Hält Linie 8 hier?«, fragte ich.

»Da kommt der Bus schon«, zeigte er. »Viel Erfolg!«

Immer die Linie 8 bis zur Endhaltestelle, hatte Ashour gesagt. Den Schlachthof konnte ich nicht verfehlen: Es sei ein riesiger Betonbau mit BRANCO in großen Buchstaben über dem Tor geschrieben.

Nach unzähligen Haltestellen und einem langen Stück in einem Tunnel hielt der Bus zwischen zwei riesigen Wohnhäusern. Ich war der Einzige im Bus.

»Endstation!«, rief der Fahrer genervt.

Wie konnte das sein? Es gab hier kein Gebäude von Branco.

Ich stand auf und ging zum Fahrer. Er ließ sein Butterbrot auf den Schoß fallen und griff nach seiner Jacke, die über der Lehne hing. Das Brot fiel zwischen die Pedale und seine Hand blieb in der Jackentasche stecken. Kam es mir nur so vor oder wurde sein Gesicht wirklich blasser?

»Wo ist Branco?«, fragte ich.

»Banco ... was?«, stotterte er.

Mir fiel das Wort Schlachthof nicht sofort ein. Gebärdensprache also. Mit dem Daumen machte ich eine schneidende Geste quer über meine Kehle.

»Branco so ...«

Der Mann fing an zu zittern. Ich hörte etwas in seiner Jackentasche klicken.

»Ich kenne keinen Branco, wirklich nicht ..« Der Mann sagte es fast flehend.

Ich wiederholte die Schneidebewegung.

»Kuh ... tot ... Branco ... Fleisch«, probierte ich es.

Das kreidebleiche Gesicht des Mannes wurde so rot wie ein Granatapfel.

»Ach so! Der Schlachthof! Branco! Der ist an der Endstation in die andere Richtung.«

Seltsamer Busfahrer, dachte ich, aber sehr freundlich. Ich durfte umsonst die ganze Fahrt zurückfahren!

In der Rindfleischabteilung gab es nichts mehr, aber in der Schweineschlächterei war eine Stelle frei. Ob ich mir das als Moslem vorstellen könnte? Ich dachte an meine Wohnung.

»Kein Problem«, sagte ich.

Ich bekam eine Rundführung. Der Vorarbeiter warf eine Schwingtür auf. Ein widerlicher Blutgestank schlug mir ins Gesicht. Überall Grunzen und verzweifeltes Quieken. Ein paar Arbeiter lachten hinter meinem Rücken. Islamische Inspektion, hörte ich sagen. Elektroschocks machten dem Quieken ein Ende. Jemand schnitt mit einem riesigen Messer die Bäuche auf und schmiss die Eingeweide in eine Plastikwanne. Mir wurde schlecht. Hohle, rosa Leichen fuhren ruckelnd an Haken vorbei. Nächste Station.

»Der Marie-Antoinette-Saal«, lachte der Vorarbeiter.

Hier kamen die Köpfe ab. Die Schlachter warfen sie wie Basketbälle mit Schlappohren in einen Kessel kochendes Wasser. Ein Mann mit rosa Wangen und zotteligen, roten Haaren lenkte meine Aufmerksamkeit auf sich.

Mit den Augen zwinkerte er verliebt dem abgeschnittenen Kopf in seinen Händen zu.

»*Chérie!*«, rief er schmachtend und küsste den Schweinerüssel. Brüllendes Gelächter seiner Kollegen. Mir drehte sich der Magen um ... Ich wollte mich an einer Metallstange festhalten, aber rutschte aus ... mitten in eine Blutlache. Der Vorarbeiter half mir hoch. Mein beiger Anzug war hinüber! Die Schlachter krümmten sich vor Lachen.

Nächste Station. Gestank von versengtem Haar. Ich würgte.

»Die Tür da!«, rief der Vorarbeiter über das Gelächter hinaus.

Gerade rechtzeitig erreichte ich die Kloschüssel. Dann spritzte ich mir Wasser ins Gesicht und versuchte, das Blut aus meinem Anzug zu waschen. Es war hoffnungslos. Der Vorarbeiter zog mich am Ärmel in die nächste Halle. Eine eisige Kälte schlug mir ins Gesicht. Überall enthaarte Schweinekörper ohne Kopf.

»Hier ist es.« Der Arbeiter nahm einen dreieckigen Stempel von einem Regal, drückte ihn auf ein Stempelkissen mit lila Tinte und schlug ihn auf einen Schweinehintern.

»*Voilà*, das ist alles, was du machen musst. Da hängt ein Arbeitsanzug, du kannst gleich anfangen.«

Im vollen Bus hielten alle Abstand. Meine Hände, die dunkelviolett waren, behielt ich in den Taschen. Ich hatte sie mit aller Kraft geschrubbt, aber mit kaltem Wasser ging die Farbe nicht ab. In jeder Kurve schwankte ich. Die Frau neben mir hustete übertrieben. Ein Junge in der Nähe hielt sich demonstrativ die Nase zu.

»Dreckiger Kanake!«, rief er, als ich ausstieg.

Unter der Dusche bekam ich die Tinte selbst mit Handbürste und Gallseife nicht ab.

»Was ist denn jetzt los? Hast du in einer Druckerei angefangen?«, kicherte Ashour.

»In einer Schlachterei!«, grummelte ich.

»Schafe? Rinder? Hühner?«

»Schweine.«

Onkel Salem verschluckte sich.

»*Halouf!* Unreines Fleisch! Und du sitzt hier einfach mit uns an einem Tisch.

»Er isst doch kein Schweinefleisch«, beschwichtigte Tante Noor.

»Das würde ich auch gar nicht wollen«, sagte ich. »Was man da alles sieht!«

»Aha! Ansonsten würdest du schon Schweinefleisch essen! Ungläubige Heiden!«

Onkel Salem warf sein Stück Brot auf den Tisch und sprang auf.

»Ich hab keinen Hunger mehr!«

»Er verdient aber nicht schlecht«, provozierte Latifa ihn.

Onkel Salem brummelte etwas in seinen Bart und sah seine Tochter unwirsch an.

»Gut, aber er kommt nicht mit seinen Schweinepfoten an unsere Kuskusschüssel. Gib ihm einen Extrateller.« Er setzte sich und aß weiter.

Nach ein paar Tagen hatte ich das Stempeln raus. Meine Hände bekamen langsam ihre normale Farbe zurück. Auch den unerbittlichen Arbeitsrhythmus meisterte ich. Obwohl, nachts in meinen Träumen, sah ich immer noch Schweinekadaver an ihren Haken vorbeizucken. Nur an die Eiseskälte konnte ich mich nicht gewöhnen. Ganz gleich, wie sehr ich mich auch einmummelte, ständig lief mir die Nase.

›Den braunen Eskimo‹ nannten sie mich in der Kantine. Die Mittagspause dauerte eine halbe Stunde. Die Kantine war ein kahler Raum mit grauen Tischen und Stühlen aus Plastik und kaltem Metall. Die Arbeiter aßen immer in denselben Grüppchen zusammen. Ein paar Frauen schwatzten über Kinder und Fernsehserien. Eine Gruppe älterer, ausgezehrter Männer spielte Karten. In der Mitte der Kantine übertrumpften sich die Machos in Großspurigkeit. Sie waren stolz auf ihre Muskelpakete, die sie sich durch das Schleppen von Schweinehälften erarbeitet hatten. In einer Ecke saßen die Ausländer. Mit ihnen unterhielt ich mich ab und zu, aber meistens las ich irgendeinen Groschenroman auf Niederländisch, während ich mein Mittagessen verschlang. Solch einfach geschriebene Sprache verstand ich allmählich ganz gut. Aus den Bemerkungen der anderen machte ich mir nichts. Das sei was für Frauen am Strand, fanden die Machos. ›Strandjeannet‹ wurde ein weiterer Spitzname von mir. Ich zuckte mit den Achseln. Was hatte ich mit Janet zu tun, der Schwester von Michael Jackson, fragte ich mich.

Schwere Arbeit hin oder her, nach einem halben Jahr hatte ich ein hübsches Sümmchen auf unserem Konto. Ein Betrag, für den man in Marokko mindestens fünf Jahre lang arbeiten musste. Latifa hatte inzwischen bei McDonald's aufgehört. Sie verdiente jetzt noch etwas als Hennaspezialistin dazu. Alle marokkanischen Frauen aus der Nachbarschaft, die auf ein Fest gingen, ließen sich Haare und Hände von Latifa färben. Und Feste gab es in ›Kleinmarokko‹ genug! Deswegen sahen wir uns nicht oft. Auch am Wochenende nicht. *In Belgien ist viel mehr möglich.* Ich höre noch, wie sie es sagte ... Unterdessen respektierten wir alle islamischen Verlobungstraditionen!

Ashour war auch nie da. Er sparte für einen Golf TDI. Nach der Arbeit in der Glasfabrik verdiente er noch etwas in einer Autowerkstatt dazu ... Wenn ich ihn sah, plapperte er die ganze Zeit über Autos.

Wenn ich genug hatte vom Lesen oder Niederländischlernen, ging ich zu meinen Schwiegereltern fernsehen. Sie hatten eine Satellitenschüssel und konnten fast hundert Sender empfangen. Ich wollte eigentlich in aller Ruhe einen Spiel- oder Naturfilm anschauen, aber ich hatte die Rechnung ohne meine Neffen und Yasmina gemacht. Sie stritten sich ständig um die Fernbedienung und zappten zwischen Videoclips und Actionserien hin und her. Es fing an, mir auf die Nerven zu gehen.

※

Die Pfannkuchen von Maryam liegen mir schwer im Magen. Ich koche frischen Pfefferminztee. Das wird mir guttun. Ich mache mich auf dem Balkon breit. Hier ist es ruhig. Als ich mir über meinen schweren Schädel fahre, stoße ich mit dem

Ellenbogen das Glas Pfefferminztee um. Es rollt vom Tischchen und zerspringt in Stücke. Der Tee tropft vom Balkon drei Stockwerke nach unten. Wie benommen bleibe ich sitzen. Alles ist mir egal. Maryam wird das schon wegräumen. Eine kühle Ozeanbrise ist aufgekommen. Soll ich mir mein Hemd wieder anziehen? Ich schau mir meinen Arm an. Die Wunden sind zu Narben geworden. Vier bleiche Streifen. Ganz gleichmäßig. Sie müssen gekreuzt werden. Sie bitten darum. Das Glas glitzert zu meinen Füßen. Ich nehme eine Scherbe zwischen die Finger und fange an zu ritzen.

sieben

In Belgien lernte ich schnell, etwas anderes zu trinken als Pfefferminztee. Ashour hatte seinen Golf TDI gekauft und nahm mich heimlich mit in eine Diskothek. Das ohrenbetäubende Dröhnen und das flackernde Licht machten großen Eindruck auf meine unbescholtenen Ohren und Augen. Ashour hatte ich sofort im Gedränge verloren. Ich setzte mich in eine Ecke und nippte sparsam an meiner Cola für 100 Franken. Für die schrillen Diskobesucher war ich Luft. Bis mich ein nach Alkohol stinkender Mann Mitte dreißig anstieß.

Ob ich noch Super Maroc oder Katami im Angebot hatte. Ich tat so, als würde ich ihn nicht verstehen. Er schaute mich verächtlich an und zog ab. Da war Ashour und tanzte. Ganze Schwärme von flämischen Mädchen schwirrten um ihn herum. Er genoss es wie ein Pascha in seinem Harem.

Kurze Zeit später gab er mir eine weiße Flüssigkeit zu trinken, die mir in der Kehle brannte, und danach ein paar Flaschen Tuborg, um das Feuer zu löschen. An den Rest der Nacht erinnere ich mich kaum. Laut Ashour war ich nicht mehr von der Tanzfläche wegzubekommen.

Die Woche darauf musste Ashour Überstunden in der Werkstatt machen. Ich machte ihm weis, dass ich zu einer Betriebsfeier ging. Er lieh mir seinen neusten Blazer. Die Krawatte, die Latifa für unsere Hochzeit gekauft hatte, passte perfekt dazu.

Ich stand kaum fünf Minuten an der Straße, um per Anhalter in die Stadt zu kommen, als ein Porsche anhielt. Das Fenster ging auf, und ein teures Parfüm wehte mir entgegen. Der Mann sprach mich auf Französisch an. Ich stieg ein. Finger mit Gold und Diamanten glitten elegant über das Lenkrad. Noch nie hatte ich an einer Männerhand so viele Ringe gesehen. Er drückte auf einen Knopf. ›Jacuzzi-Jazz‹ las ich auf der Anzeige des CD-Spielers. Die Lichter eines Gegenfahrzeuges erhellten sein Gesicht. Er sah mindestens wie sechzig aus. Während ein Saxofon schwülstig aus den vier Lautsprechern klang, summte er gut gelaunt mit. Ob ich Lust hätte, mit ihm in einer Bar etwas trinken zu gehen?

Nein, dazu hatte ich keine Lust.

»Schade«, sagte er und sah mich durchdringend an. Ein knirschendes Geräusch übertönte das Saxofon. Die Seite seines Porsches schrammte gegen die Leitplanke. Er lenkte wieder auf die Spur und zuckte lässig mit den Achseln.

»Der Vorteil beim Leasen.«

Er fuhr auf den Parkplatz der Diskothek. Beim Aussteigen drückte er mir eine Visitenkarte mit Reliefdruck in die Hand.

›Antiquitätenhändler‹ stand darauf. Ich steckte sie in meine Tasche, man kann ja nie wissen.

Am Eingang der Disco gab es ein großes Gedränge. Ich hielt die zweihundert Franken Eintrittsgeld schon bereit, als ein Mann mit Mütze mich am Kragen packte.

»Du nicht«, sagte er.

»Aber letzte Woche ...« Bevor ich aussprechen konnte, bekam ich einen Schlag ins Gesicht. Um mich herum wurde alles schwarz. Als ich wieder zu mir kam, lag ich mit dem Gesicht in einer Pfütze. Das Wasser färbte sich schmutzig rot.

»Immer Ärger mit diesen Kanaken«, hörte ich. »Man sollte sie alle in Viehwaggons stecken und dann zurück in den Busch schicken.«

Ein Pärchen aus Brüssel hatte Mitleid mit mir. Es brachte mich zur Notaufnahme eines Krankenhauses. Die Schwester, die meine aufgeplatzte Lippe nähte, riet mir, bei der Polizei Anzeige zu erstatten.

Stundenlang saß ich auf einer Bank im Polizeirevier und wartete. Aber der Bericht des Polizisten war in zwei Minuten fertig. Den Türsteher zu verhören, fand er nicht der Mühe wert. Ich hatte ja keine Zeugen, und so stand mein Wort gegen seins. Wieso keine Zeugen? Und die ganzen Leute, die da standen und gewartet haben? Die waren bestimmt noch in der Diskothek. Höhnisches Gelächter des Polizisten: »Die Junkies wissen doch noch nicht mal, welchen Tag wir heute haben, mit all dem Ecstasy und Koks!«

Ich hörte nie wieder etwas von meiner Anzeige.

Als ich in dieser Nacht um vier Uhr in meinem Badezimmer stand und den Blazer von Ashour und meine Krawatte sauber machte, klingelte jemand. Ich rannte die Treppe hinunter und machte die Tür auf. Onkel Salem in seinem traditionellen Gewand für die Moschee.

»Deine Lippen! Und das Blut auf deinem Hemd! Was ist passiert?«

Ich ließ ihn herein und ging hinter ihm die Treppe hoch. Ich musste mir schleunigst etwas ausdenken. Die verdammte Lippe blutete wieder.

»Viel los in der Moschee?«, fragte ich so natürlich wie möglich.

Onkel Salem antwortete nicht und setzte sich. Neben meinen Schlüsseln auf dem Wohnzimmertisch sah ich die Visitenkarte von dem Typen mit dem Porsche. Schnell ließ ich mein blutiges Taschentusch daraufallen.

»Hat die Betriebsfeier so lange gedauert?«, brummte mein Onkel. Seine Augenbrauen formten sich zu einer Arabeske.

»Nee, ähm ... ich bin hier auf dem Sofa eingeschlafen.«

»Und das Blut?« Die Augenbrauen kräuselten sich noch stärker.

»Ich bin auf der Feier gegen eine Glastür gelaufen.«

»Das kommt von den modernen Hotels.« Die Augenbrauen entspannten sich etwas, nur um dann mit einem Ruck wieder nach oben zu schießen. »Du hast doch keinen Alkohol getrunken?«

»Nein, nur Pfefferminztee.«

»Pfefferminztee? Auf einer belgischen Betriebsfeier?« Die Augenbrauen hatten sich jetzt fast zu einem einzigen Punkt zusammengezogen.

»Es war eine Ramadanfeier, extra für die muslimischen Angestellten.«

Die Augenbrauen rutschten erleichtert nach unten.

»Soll ich Tee machen?«, fragte ich. Ich lief schnell in die Küche, um weiteren Fragen auszuweichen.

»Starke Blutung«, hörte ich ihn aus dem Wohnzimmer sagen. »Gib mir das Hemd mit, Tante Noor wird es waschen. Und das Taschentuch hier auch.« Ich hastete mit dem vollen Tablett in den Händen ins Wohnzimmer. Zu spät. Onkel Salem hatte die Visitenkarte schon in der Hand.

»Das ist ein Arbeitskollege«, sagte ich, während ich das Tablett schnell abstellte.

Die vorwitzige Augenbraue schoss erneut in die Höhe.
»Ein Arbeitskollege, der mit Antiquitäten handelt?«
»Drei oder vier Stück Zucker?«, fragte ich, so als hätte ich ihn nicht gehört.
»Vier ... und eine Antwort auf meine Frage.«
»Als Hobby. Er ist der Buchhalter. Aber mit Antiquitäten handeln, findet er viel spannender, sagt er.«
Dieses Mal bekam ich die Augenbrauen nicht nach unten.
»Ich habe ihm erzählt, dass wir zu Hause in Marokko einen Haufen altes Zeug haben«, kam ich seiner nächsten Frage zuvor.
Die kam jedoch nicht. Mein Onkel trank seinen Tee und kratzte sich auffällig lange am Bart.
»Latifa wird sich freuen, wenn sie hört, dass du Geschäftsbeziehungen aufbaust«, sagte er beim Hinausgehen, während er seine Augenbrauen listig zusammenpresste.

Latifa war überarbeitet, sagte sie. Musste sie deshalb gleich mit so einem langen Gesicht herumlaufen? So lang wie das von den Belgiern. Und dann das Gemecker! Dass ich so wenig für sie machen würde. Dass ich faul wäre. Unaufmerksam.
Ich hatte verstanden. Sie brauchte dringend richtigen Sex. Dazu war es in der ganzen Zeit noch nicht gekommen. Sie wartete wahrscheinlich darauf, dass ich die Initiative ergriff. Aber wie sollte ich das anstellen? Sie in meine Wohnung schmuggeln? Zu riskant – mit all den marokkanischen Nachbarn. In ihrem Zimmer?
An einem Samstagmittag sah ich meine Gelegenheit gekommen. Tante Noor war im Supermarkt, Onkel Salem spielte Domino im Gemeindezentrum. Ashour arbeitete, mein jüngster Cousin und meine jüngste Cousine waren in der Koranschule. Ich gab Yasmina einen Hunderter, damit

sie auf dem Flur Schmiere steht. Als ich in Latifas Zimmer kam, ließ sie die Fernbedienung aufs Bett fallen.

»Omar!«

Ich beruhigte sie, aber sie drehte sich mit dem Rücken zu mir und machte MTV lauter. Ich stellte mich vor den Bildschirm.

»Wo warst du letztes Wochenende?«, brüllte sie.

Meinen Ausflüchten glaubte sie nicht.

Ich setzte mich neben sie auf das Bett. *You suck!* klang es im Fernsehen. Ich rutschte näher. Sie starrte weiter stur auf den Bildschirm und schüttelte wie ein stolzes Pferd ihre schwarze Mähne. Jasminduft schlug mir entgegen. *You suck! Make it hard!* Vorsichtig schmiegte ich meine Wange an ihre Schulter und ließ wie ein unterwürfiges Hündchen den Kopf in ihren Schoß rollen. Sie ließ mich gewähren. Ich schaute sie an. Sie schaute zurück. Der Funken in ihren Augen flackerte auf. *You suck! Move your tongue around!* Sie packte mich an den Haaren, zog meinen Kopf hoch und küsste mich wild. Ich bekam kaum Luft. Dann glitten ihre rot lackierten Finger unter mein T-Shirt. Sie streichelte meinen Bauch. Ihre Hand fuhr unter meinen Gürtel. Was sie fand, gefiel ihr nicht. Sie machte den Reißverschluss auf, und ihre Hand fing an, ruckartige Bewegungen zu machen.

Ihre langen Nägel kratzten auf meiner Haut. Ich stöhnte. *You suck!* Sie ließ los und beugte ihren Kopf nach unten. Ihre herunterhängenden Haare kitzelten meine Oberschenkel. Ich spürte ihren Atem immer näher, immer wärmer. Ihre feuchten Lippen machten jetzt die Arbeit. Ihr Mund. Ihre Zunge. Ohne Ergebnis. Sie gab auf. Schaute mich an. Noch immer das Feuer in ihren Augen. Verlangen ... oder Verachtung? *Now you suck! Get your head between my thighs!* Latifa setzte sich auf mich und drückte mich fest auf die Matratze.

Sie zog ihren Rock hoch. Sie hatte keine Unterhose an! Der Angstschweiß brach mir aus. In diesem Augenblick klopfte es an der Tür.

»Er ist wieder da!«, flüsterte Yasmina.

Ich sprang auf und machte mir die Hose zu. Dieser Blick von Latifa, als ich nach draußen huschte …

You suck! dröhnte es die ganze Zeit in meinem Kopf. Das böse Auge. Jemand hatte mich verhext. Ich musste mich reinigen. Zur Moschee. Rituelle Waschung. Beten. Um Vergebung bitten. Allah wird mir Kraft geben. Aber wo war ich mit meinen Gedanken? Um diese Zeit war die Moschee geschlossen. Keine Panik. Ich musste in Bewegung bleiben. Laufen, ganz ruhig herumlaufen. In der Abenddämmerung spielten Kinder unbekümmert auf der Straße. Jetzt erst bemerkte ich, wie lau die Luft war. Auf dem Koxplein hingen junge Marokkaner herum. Cool lungerten sie auf einer Bank herum. Ein paar fromme Alte in traditionellem Gewand unterhielten sich an der Straßenecke. Würden sie etwas merken? Ich beschleunigte meinen Schritt. Weg aus diesem bedrückenden Viertel. Ich lief über den verlassenen Plantin-en-Moretus-Lei und unter der Eisenbahnbrücke hindurch zum Judenviertel. Ein Jude mit schwarzer Regenkleidung und einem Vogelnest aus Pelz auf dem Kopf hastete über die Straße. Ein Händler mit Kippa auf dem Kopf, langem Bart und Locken, die neben seinen Ohren herunterbaumelten, sah mich argwöhnisch durch seine dicken Brillengläser an. IMPORTATION DE FOIE GRAS las ich auf dem Schaufenster seines Ladens. Schnell ließ er die metallenen Rollläden herunterrasseln.

Ich erreichte die Kreuzung am Quinten-Metsijs-Lei. Links von mir der België-Lei, wo noch mehr Juden wohnten, rechts ein Polizeibüro, vor dem ein paar Beamte standen und rauchten. Ich hatte keine Lust auf die soundsovielste Passkontrolle und lief geradeaus in den Stadtpark hinein. Hier belästigte mich niemand. Das Rauschen der Blätter über meinem Kopf brachte mich zur Ruhe. Im Gebüsch hörte ich es rascheln und piepsen. Ratten.

»Sind das in Belgien Haustiere?«, hatte der vorwitzige Hassan der Zweite gefragt.

»Nein, aber die Inder, die in der Nähe des Parks wohnen, füttern sie«, hatte Dirk geantwortet. »Für sie sind es heilige Tiere.«

Auf der anderen Seite sah ich im Dunkeln einen schwebenden roten Punkt. Ich ging über die Brücke. Es war eine glühende Zigarette. Noch jemand, der sich an der frischen Luft beruhigen musste, dachte ich. Der Raucher stand unbeweglich da. Seine Umrisse waren kaum vor dem dunklen Gebüsch auszumachen. Er starrte den Schwänen nach, die wie lautlose Gespenster über den Teich glitten. Er sah mich nicht. Als ich vorbeiging, schrak er zusammen. Mit stechendem Blick schaute er mir direkt in die Augen. Ich wendete mich schnell ab und lief weiter. Was führte er im Schilde? Ich sollte wohl besser aufpassen, wenn ich kein Messer in den Rücken bekommen wollte. Der Mann starrte mir immer noch nach, folgte mir aber nicht.

Etwas weiter blieb ich bei einer Bank stehen. Mit meinem Taschentuch wischte ich ein Stück der Sitzfläche sauber. Ich setzte mich unter einen Kastanienbaum. Die Blüten verströmten einen vertrauten Duft, den ich sofort einzuordnen wusste. Ich blickte auf eine große Rasenfläche. Im Mondschein liefen zwei Männer zögernd aufeinander zu. Der eine streifte den anderen, ohne etwas zu sagen. Er drehte sich um, aber der andere verschwand in die entgegengesetzte Richtung. Hinter mir knackte ein Zweig. Ein schlanker junger

Mann mit schmalen Augen kam aus einem Loch zwischen den Sträuchern zum Vorschein. Als er mich sah, rannte er weg. Unter einem Baum neben dem Teich hustete jemand. Aus dem Schatten einer Statue löste sich eine Silhouette. Ein Feuerzeug flammte hinter einem Gebüsch auf. Langsam dämmerte es mir. Jagdlabyrinthe …

»Hallo!«, hörte ich plötzlich hinter mir und erschrak zu Tode. Ein Mann setzte sich neben mich. Er bot mir eine Zigarette an. Obwohl ich Streichhölzer hatte, wollte er mir unbedingt Feuer geben. Auffallend lange ließ er seine Hand dabei auf meiner ruhen. Er nahm sich selbst auch eine Zigarette und sagte nichts mehr. Die ganze Zeit schaute er mich schmachtend an. Wie ein Hund, der auf seinen Knochen wartet, dachte ich. Ich wendete den Blick ab, nahm einen tiefen Zug von der Zigarette und verschluckte mich am Rauch.

»Sind fünfhundert o.k.?«, fragte er.

Ich zog überrascht die Augenbrauen hoch. Wovon sprach er?

»Tausend Franken also, mit Blasen.«

»Blasen? Wo soll ich denn für Tausend reinblasen?«, fragte ich.

Er schnippte seine Zigarette auf den Boden und packte mich an den Handgelenken.

»Blöder Kanake! Was treibst du dich denn hier rum?«

Ich drückte meine Zigarette auf seiner Hand aus. Jaulend ließ er mich los. Ich rannte schnell weg.

»Luxusstricher! Dich krieg ich noch!«, schallte es durch den Park.

Ich kroch durch das Gestrüpp. Wo war denn noch mal die verdammte Brücke? Da war ein Weg. Ich lief hin und trat mitten in einen Hundehaufen. Auch das noch! Weiterlaufen, dachte ich, dahinten sind die Straßenlaternen. In einer Kurve stieß ich mit jemandem zusammen. Seine Zigarette fiel ihm aus dem Mund.

»Sorry, entschuldigung, pardon«, ratterte ich herunter, als würde ich im Kurs von Dirk sitzen.

Diese Augen hatte ich schon mal gesehen. Es war der Mann, der vorhin am Teich den Schwänen nachgeschaut hatte.

»Du bist gerannt! Was ist los?«

»Ähm, nichts … ich muss nach Hause.«

»Wenn es dringend ist, bringe ich dich mit meinem Wagen hin. Wo wohnst du?«

»Vielen Dank, aber so eilig habe ich es nicht.« Ich entschuldigte mich noch einmal für den Zusammenstoß, und während wir liefen, kamen wir ins Gespräch. Als wir an einer Laterne vorbeigingen, konnte ich sein Gesicht deutlich sehen. Er war um die fünfzig. Kurz geschorenes graues Haar, Schnurrbart und Lederjacke. Er kam nachts nicht oft in den Park, sagte er. Das war viel zu gefährlich. Die Schwulenbars, die waren viel besser.

»Wo sind die denn?«, fragte ich.

»In der Straße gegenüber vom Bahnhof.«

Wir kamen an der anderen Seite des Parks heraus. Durch all die Aufregung hatte ich die Orientierung verloren.

»Fahr mit mir. Hier steht mein Wagen«, sagte der Mann.

Ich wischte meine Schuhsohle ausgiebig auf dem Rasen ab, bevor ich einstieg, denn das Auto sah nagelneu aus.

»Was für ein Gestank!«, würgte ich. »Dass die Belgier solche dreckigen Tiere zu Hause halten!«

Darüber musste der Mann laut lachen.

An der verlassenen Plantin-en-Moretus-Lei ließ ich mich absetzen. Ein Brise kam auf. Rosa Kirschblütenblätter wehten mir ins Gesicht.

Am darauffolgenden Samstag sah ich die ganze Zeit fern bei meinen Schwiegereltern, in Schlabberklamotten, unrasiert und immer wieder ausgiebig gähnend. Latifa schaute sich Videos mit Yasmina auf ihrem Zimmer an. Als sie herunterkam, um sich eine Cola zu holen, würdigte sie mich keines Blickes. Um Mitternacht lief ich schnell nach Hause. Ich duschte und rasierte mich, zog ein auffälliges T-Shirt an und schmierte mir Gel ins Haar. Kurze Zeit später stand ich am Bahnhof. Das *Queens* war die erste Bar, die ich sah. Die Glasscheibe in der Tür hatte einen großen Sprung. Ein paar ältere Männer hingen am Tresen herum, über dem grelle Lichter flackerten. Ich hörte ein dreckiges Lachen. Waren das da in der Ecke nicht marokkanische Gesichter? Schnell weg, bevor sie mich sahen ...

Die zweite Bar, *Bazaar*, war gerammelt voll. Sollte ich hier hineingehen? Die Musik hörte sich super an, und die Stimmung war ausgelassen. Ich wollte gerade die Tür aufmachen, als ich hinter dem Fenster den Türsteher sah. Hier also auch, dachte ich.

Also ging ich in den Imbiss daneben und bestellte eine große Portion Pommes und ein Bier. Und noch eins.

Ich war fast am Ende der Straße. Eine Bar kam noch: MARCUS ANTONIUS las ich über dem Eingang. Ein paar Gäste kamen gerade an. Ich schlüpfte hinter ihrem Rücken mit nach drinnen. Man musste sich erst an das Halbdunkel gewöhnen. Die Disco war eingerichtet mit römischen Plastiksäulen und Gipsstatuen von nackten Jünglingen aus der Antike. Eine riesige Discokugel in Form eines Kleopatrakopfes drehte sich über der Tanzfläche. Plötzlich tippte mir jemand auf die Schulter. Ich erstarrte. Man hatte mich erkannt! Ich drehte mich um und sah einen Kellner in römischer Tunika. Er grinste. Kam ich nur, um das Museum zu besichtigen, oder wollte ich auch was trinken, fragte er mich. Ich bestellte ein Tuborg.

Mit der Flasche in der Hand lehnte ich lässig wie ein Cowboy an einer Säule. Langsam fühlte ich mich in dieser ausgelassenen Stimmung wohl. Nach einem weiteren Tuborg war ich nicht mehr von der Tanzfläche zu bekommen. Das war meine Musik! Happy und funky. Freundliche Gesichter lachten mir zu. Ein Mann, der neben mir tanzte, schnüffelte an einem Fläschchen.

»Willst du auch Poppers?«, rief er. Er ließ mich schnüffeln. Kurz taumelte ich, aber dann platzen Farben um mich herum. Mohnblumen! Sonnenblumen! Bunte Tuaregschleier! Die Geräusche fingen, an wie Honig zu glänzen! Tiefe Bässe dröhnten in Höhlen aus Samt. Ich ließ mich völlig gehen.

Meine Blase drückte. Ich drängelte mich durch die Menge zur Toilette. Als ich zurückkam, winkte mir jemand zu. Ein braunes Gesicht, schwarze Locken, dunkle Augen. Um die zwanzig. Ich winkte zurück. Er gab mir ein Zeichen. Die Strahlen, die Kleopatra verschwenderisch in die Runde streute, verliehen seinem Kopf etwas Königliches.

»*Salam aleikum.*«
»*Aleikum salam.*«
»Ich bin Faouzi. Ich hab dich hier noch nie gesehen.«
»Ich bin Karim, ich komme aus Brüssel.«

Faouzi betrachtete mich argwöhnisch unter seinen samtenen Wimpern. »Ja ja, und ich komme aus New York«, grinste er. »Na, hast du schon was verdient heute Abend?«

»Was meinst du?«, fragte ich.

»Mann, tu doch nicht so unschuldig. Dafür kommen wir doch her.« Sein Gesicht bekam etwas Bedrohliches.

Ich nickte. Faouzi beruhigte sich.

»Ah, ich dachte schon, dass du schwul bist. So ein weibischer Islamverräter.«

»Was kann ich dir zu trinken holen?«, fragte ich schnell.

Faouzi klopfte mir auf die Schulter. »So was hör ich gerne, Alter.«

Ich wechselte zu Cola, aber er nahm einen Cuba libre. Als ich bezahlte, fiel Kleingeld auf den Boden. Faouzi hob es auf und steckte es in seine Tasche. Ich bemerkte einen Schnitt auf seiner Stirn.

»Was hast du da?«, fragte ich.

Faouzi betastete sich am Kopf. »Glasbruch«, lachte er. »Zehnmal genäht. Kostet ein Haufen Kohle. Ich habe wirklich Pech in der letzten Zeit. Fouad, mein Mitbewohner, habe ich schon einen Monat nicht mehr gesehen. Wenn er nicht bald auftaucht, muss ich unsere Miete alleine bezahlen.«

»Wohnst du nicht bei deiner Familie?«

»Die soll doch wegrotten da in Taroudannt. Was verdient man schon mit dem Gewühl in der Erde? Agadir, da fühlte ich mich wie zu Hause! Wie dumm die Touristen waren! Einmal tief in die Augen geschaut, und sie nahmen dich mit auf ihr Zimmer. Während sie unter der Dusche standen, krallst du dir ihre Brieftasche. Aber dann traf ich Gerard. Interessanter Typ, dachte ich. Er hat mich nach Belgien kommen lassen.«

»Kann er dir nicht mit der Miete helfen?«

Faouzi trank sein Glas leer. »Nehmen wir noch einen? Nächste Woche bezahle ich.«

Ich rief den Barmann. In dem Moment kam ein blonder Typ vorbei. Ich schaute ihm hinterher. Er setzte sich auf einen Barhocker und zwinkerte mir zu.

»Alles Schweine, die Belgier«, schnaubte Faouzi. »Dieser Gerard dachte, dass ich als Trophäe seine Wohnung schmücken sollte, der Dreckskerl.« Er rülpste laut.

Der blonde Mann an der Bar hatte mich immer noch im Blick. Er trank und vergaß, sich den Schaum von der Oberlippe zu wischen. Wieder das Zwinkern. Ich bestellte noch ein Tuborg. Das würde mir Mut geben.

Faouzi schaute auf die Uhr. »Scheiße, ich muss noch ins *Queens*. Sonst geht mir die fetteste Beute durch die Lappen.« Er leerte seinen Cuba libre in großen Zügen und eilte nach draußen. Ich existierte nicht mehr für ihn.

»Kennst du den Jungen?«, flüsterte mir eine sanfte Stimme ins Ohr. Der blonde Typ!

Ich schüttelte den Kopf. »Nicht wirklich.« In diesem Augenblick erklang *Black or White* von Michael Jackson aus den Boxen.

»Ich geh tanzen«, rief ich. Die Tanzfläche schien eine Ewigkeit entfernt. Es war, als ob ich auf Gummi lief. Der Boden unter meinen Füßen bewegte sich hin und her. *It's black, it's white*. Beim Tanzen schielte ich nach ihm. Er schaute mich mit breitem Grinsen an. Was für ein toller Typ, dachte ich. Nur für ihn machte ich eine Pirouette. Danach wollte ich einen indischen Handtanz machen, aber Kleopatras Kopf fing an zu wackeln. Das Echo von Stimmen aus allen Ecken. Die Säulen schwankten, und die Statuen glänzten vor Schweiß. Dann wurde mir die Tanzfläche unter den Füßen weggezogen. Alles wurde schwarz.

Ich bekam etwas Kaltes ins Gesicht.

»Alles o.k.?«, hörte ich. Weiße Gipshintern drehten sich vor meinen Augen. Noch ein nasses Klatschen auf meiner Stirn. Mein Schwindelgefühl ließ nach. Samtkissen um mich herum. Jemand hielt mir die Hand. Ein breites Lächeln. Mein Verehrer. Ich legte meinen Arm um seinen Hals und fühlte sein weiches blondes Haar.

»Hier, trink ein bisschen Wasser«, sagte er. Seine Augen funkelten, und wenn er lachte, hatte er Grübchen in den Wangen. Aber das, was mich am meisten faszinierte, waren seine Ohren. Er hatte gar keine Ohrläppchen. Wie Blütenknospen, die noch aufgehen müssen. Wie süß.
»Soll ich dich nach Hause bringen?«, fragte er.
Im Auto wechselten wir ins Französische. Das sprach er genauso flüssig wie ich. Serge hieß er. Er war achtundzwanzig und arbeitete als Angestellter in einem Reisebüro. Er wohnte am anderen Ende der Stadt. Ich steckte den Kopf durch das Seitenfenster. Die frische Luft tat mir gut. Als wir am Bezirksamt vorbeifuhren, sah ich, wie ein Mann breitbeinig gegen ein Polizeiauto lehnte. Ein Polizist tastete ihn ab. Auf dem Koxplein war es totenstill und wie ausgestorben.
»Willst du noch etwas trinken?« Die Frage war mir herausgerutscht, bevor ich es selbst begriff.
Serge lächelte und stellte den Motor ab.
»Mach's dir bequem, ich mache uns Kaffee.« Ich stellte das Radio an und verschwand in der Küche. Was mache ich hier bloß, ging es mir durch den Kopf, als ich das Kaffeepulver in den Filter schüttete. Gleich steht mein Onkel wieder vor der Tür.
Als ich mit dem dampfenden Kaffee und Keksen aus der Küche kam, hatte Serge Jacke und Schuhe schon ausgezogen. Ich setzte mich neben ihn aufs Sofa und schenkte ein. Im Radio spielte das Duett mit George Michael und Elton John: *Don't let the sun go down on me*. Ein rot glühender Lichtschein fiel durch das Dachfenster. Serge bemerkte ihn auch. Sein Blick wanderte vom Fenster zu mir. Leidenschaftliche blaugrüne Augen. Eine streichelnde Hand auf meinem Oberschenkel. Ein winziges Ohr an meinen Lippen. *See me once and see the way I feel* ... Wir wälzten uns auf dem Schaffell mit den rötlichen Flecken. Küssten und leckten uns. Unsere

Kleider flogen durchs Zimmer. Als ob wir Jahre auf diesen Moment gewartet hätten. Seine glatte Haut, die herrlich nach Pfeffer und Heu roch, seine starken Hände, die mich kneteten und streichelten, seine Zunge in meiner Ohrmuschel, das alles machte mich verrückt. Ich gab mich ihm völlig hin. Noch nie hatte mir etwas so gut getan. Auf dem Fell von Boogie schliefen wir ineinander verschlungen ein.

Als ich mittags aufwachte, fand ich einen Zettel, auf den er seine Adresse und Telefonnummer gekritzelt hatte. Die Schachtel mit den Keksen war halb leer, die Milch war alle. So ein Feigling. Er hatte sich davongeschlichen. Ein stechender Schmerz in meinem Kopf, der sich anfühlte, als würde er gleich platzen. Ich nahm eine eiskalte Dusche und lief schnell zur Wohnung von Onkel Salem. Ich kam gerade rechtzeitig zum Mittagessen.

»Was hat der Fleck an deinem Hals zu bedeuten?«, fragte Latifa, als wir mit der Suppe anfingen. Ich fühlte tatsächlich einen leichten Schmerz an meinem Hals und betastete den Fleck.

»Ja, da, der Knutschfleck«, sagte Latifa. Onkel Salem verschluckte sich an der Suppe.

Ich legte meinen Löffel hin und machte ein empörtes Gesicht. »Was ist das jetzt schon wieder, ein Knutschfleck?«

»Hör auf, dich so dumm zu stellen«, sagte Latifa. Sie wandte sich an Ashour. »Ist er gestern doch mit in die Disco gegangen?«

Ashour schüttelte heftig den Kopf. »Nein, du kannst auch Bilal fragen, wenn er gleich vorbeikommt.« Er spitzte den Mund und tunkte ein Stück Brot in seine Suppe.

Ich starrte hilflos vor mich hin. Was sollte ich sagen? Ashour hielt das tropfende Brot über seinen Teller und begutachtete mit übertrieben fachmännischem Blick den Fleck an meinem Hals.

»Das ist wahrscheinlich eine Allergie. Ich hatte das auch schon mal von irgendeinem Öl in der Werkstatt.«

»Daran erinnere ich mich noch«, pflichtete Tante Noor ihm bei. »Als du Überstunden machen musstest.«

Der Gesichtsausdruck von Ashour erstarrte. Er hatte mir von dem Abend erzählt. Gearbeitet hatte er, ja, besonders an der unwiderstehlichen Karosserie von Stiena, der Buchhalterin der Autowerkstatt.

»Melkfett, das hilft«, sagte Tante Noor. Sie nickte Onkel Salem bestimmt zu und schlürfte ihren Löffel leer. Onkel Salem schaute verstohlen zu seinem Sohn und dann zu mir. Seine Augenbrauen krümmten sich wie zwei dicke Seidenraupen. Er wollte etwas sagen, überlegte es sich anders und nahm noch eine Kelle. Latifa räusperte sich und schaute mit wütend zusammengepressten Lippen Ashour an, der wie ein unschuldiges Kind die Suppe aus seinem Brot saugte.

»Welche Apotheke hat heute geöffnet?«, fragte ich genauso unschuldig.

Während Tante Noor ein paar Adressen aufzählte, schüttelte Latifa mit gespieltem Mitleid den Kopf. Den Rest der Woche tat sie so, als sei sie taubstumm.

»Jetzt habe ich noch was gut bei dir, lieber Cousin«, sagte Ashour hinterher zu mir. »Aber pass in Zukunft auf, wenn du zum Rummachen losgehst.«

Das Klingeln eines Telefons schreckt mich auf. Ich renne vom Balkon nach drinnen und nehme ohne nachzudenken den Hörer ab.

»Maryam?«, höre ich am anderen Ende der Leitung.
Reflexartig will ich auflegen, gerade noch rechtzeitig erkenne ich die Stimme. Mein Bruder Tarek. »Maryam ist nicht da, aber ich.«
»Omar! Bist du's? Wie? Habe ich die falsche Nummer gewählt?«
»Nein, ich bin in Casablanca.«
»So plötzlich? Seit wann? Warum hast du mir nicht Bescheid gesagt?«
In heiterem Ton mache ich ihm weis, dass ich alle überraschen wollte. Und dass ich die ganze Zeit geschlafen hätte, seit ich hier bin. Ich stelle ihm Fragen über Raja Casablanca und verwickele ihn in ein Gespräch über alles Mögliche. Trotzdem gelingt es Tarek, noch einen Satz dazwischenzuquetschen. »Das muss ich dir noch erzählen, Omar, vor ein paar Tagen hat Murat angerufen. Er ist freigekommen und hat mich nach deiner Telefonnummer in Belgien gefragt.«
»Was wollte er?«
»Er erzählte mir, dass er große Pläne hat. Er zieht bald nach Erfoud, aber mehr wollte er nicht verraten.«
Wir schweigen. Ich höre am anderen Ende der Leitung, wie ein Zug vorbeidonnert.
»Ich komme dich bald besuchen, bleib, wo du bist«, ruft Tarek durch den Lärm hindurch. Ein Klicken und die Verbindung ist unterbrochen.

In den Tagen nach unserer Begegnung hing die Erinnerung an Serge wie ein hartnäckiger Nebelschleier in meinem Kopf.

Ein berauschender, süßer Nebelschleier. Dennoch wagte ich es nicht, ihn anzurufen. Ich wollte mich ihm nicht aufdrängen. Ich war bestimmt nur eines seiner vielen Abenteuer gewesen. Was hatte ich überhaupt in so einem zwielichtigen Schuppen wie dem *Marcus Antonius* verloren? Ich durfte nicht mehr an ihn denken. Ich musste mich auf meine Arbeit konzentrieren. Stempeln. Auf Fleisch hauen. Auf zartes rosa Fleisch.

Am darauffolgenden Freitag stand er vor der Tür. Ich lief die Treppe hinunter, spähte ängstlich zur Haustür hinaus und zog ihn schnell herein.

»Warum hast du nicht angerufen?«, wollte er wissen.

Ich lächelte. Er gab mir eine CD. George Michael und Elton John.

Wir liefen die Treppe hinauf. Als die Wohnungstür hinter uns ins Schloss fiel, packte mich Serge und zog mich an sich. Er wollte mich küssen, aber ich wandte mein Gesicht ab.

»Entschuldige, aber das mache ich nicht«, sagte ich schnell.

»Warum? Letzte Woche Samstag hattest du damit keine Probleme?«

»Da hatte ich getrunken.«

Serges Gesicht verdüsterte sich. Ich wollte ihn nicht enttäuschen, aber küssen ging nicht.

»Auf den Mund küssen tun sich nur Mann und Frau«, machte ich ihm klar. »Das ist nun einmal meine Kultur.« Mit Abdel und Murat hatte ich das doch auch nie gemacht, dachte ich bei mir. Ich wollte kein Schwuler werden und so enden wie Murat.

»Aber der Rest ist okay«, fuhr ich fort. Mein Hand in seinem Schritt überzeugte ihn. Kurze Zeit später lagen wir zum zweiten Mal auf dem Schaffell.

An dem Abend erzählte mir Serge von seinem Leben. Über seine Beziehungen zu Männern. Bis jetzt war er dazu noch nicht

bereit gewesen. Aber jetzt sah alles ganz anders aus. Er schaute mich an, um meine Reaktion zu sehen. Ich nickte feierlich.
»Und du?«
Ich zupfte an Boogies Fell. »Das geht in unserer Kultur nicht. Keine Beziehungen vor der Hochzeit.«
Serge knuffte mich in die Seite. »Aber Sex ist erlaubt?«
Ich drehte ihm den Rücken zu. »Mit einem Freund zusammen rummachen ist nichts Schlechtes. Wenn es heimlich gemacht wird zumindest.«
»Rummachen? So vielleicht?« Er brummte wie ein Bär und fing an, mich ausgiebig zu kitzeln.
»Hör auf! Ich bin total kitzelig!«, schrie ich. Das Kitzeln ging langsam in Streicheln über. Mir wurde schwindlig.
»Ich bin müde«, seufzte ich. »Eine ganze Woche in der Schlachterei ...«
Serge streichelte meine Wange. Sein Gesicht kam näher. Wieder ein Kuss auf meinen Mund. Ich presste die Lippen aufeinander, wandte den Kopf aber nicht ab. Seine Zunge leckte an meiner Unterlippe. Es prickelte aufregend. Er leckte auch an meiner Oberlippe, aber als seine Zunge in meinen Mund gleiten wollte, warf ich den Kopf zurück.
»*Zamel!* Schwuchtel!«, rief ich.
Serge sah mich wie ein erschrockenes Kameljunges an. »*Zamel* ... das hat Faouzi aus der Bar auch mal zu jemandem gesagt«, sagte er mit bebender Stimme. »Vielen Dank.«
Ich wischte mir mit dem Handrücken über den Mund und legte mich auf den Rücken. Eine ganze Weile hörte man nur das leise Zischen des Gasofens.
»Die Arbeit in der Schlachterei, machst du das gerne?«, fragte Serge in versöhnlichem Ton.
»Ist schon o.k.«, grummelte ich mit meinem Gesicht im Fell. »Ich hab schon schwerere Arbeiten gemacht.«

»Was würdest du wirklich gerne machen?«

»Hier in Belgien? Ohne Niederländisch kann ich nicht viel machen.«

»Du könntest zwischen Antwerpen und Brüssel pendeln. Dein Französisch ist perfekt.«

»Ich wollte immer um die Welt reisen. Als Reporter oder so. Herumreisen und danach Artikel oder Bücher darüber schreiben.«

»Was hindert dich daran?«

»Und was ist mit Latifa …« Ich verstummte und wandte das Gesicht ab. Im Gasofen puffte es leise.

»Wer ist Latifa?«

Ich blickte Serge an, antwortete aber nicht. Er setzte wieder seinen traurigen Blick auf. Er war offen und ehrlich, und ich verschwieg ihm alles. Die Flammen im Gasofen erloschen. Ich legte meine Hand auf seine Brust. Die goldblonden Haare kitzelten mich an der Wange. Ich küsste seine Brustwarze. Serge streichelte mir geduldig übers Haar und atmete tief. Schließlich erzählte ich ihm alles über Latifa. Und dass ich große Bedenken hatte, was die Heirat anging.

»Warum wohnt ihr nicht zusammen, jetzt wo ihr verheiratet seid?«, wollte er wissen.

Ich erklärte ihm, dass die traditionelle Hochzeit, die Zeremonie mit allem Drum und Dran, nächstes Jahr stattfinden sollte. Erst dann wären wir für die marokkanische Gemeinschaft ein Ehepaar.

»Ach du meine Güte«, seufzte Serge. Er gab mir einen Kuss auf den Nacken. »Wenn du so viele Bedenken hast, kannst du dich doch scheiden lassen?«

»Dann muss ich sofort zurück nach Marokko. Scheinehe, verstehst du?«

Serge drückte mich fest an sich und schwieg.

In den nächsten Monaten sahen wir uns mindestens einmal pro Woche. Dann gingen wir in die Bars am Bahnhof oder zur monatlichen Party im *Club Paradox*. Serge schlug auch vor, zusammen ins Kino oder essen zu gehen. Das wollte ich nur, wenn es weit weg von Antwerpen war, damit mich niemand erwischte, der mich kannte. Wir hatten oft Sex, meistens in seiner Wohnung. Serge war aufmerksam, verständnisvoll und sehr geduldig. Er ließ ein paar mal das Wort ›verliebt‹ fallen. Dann lächelte ich, sagte aber nichts, obwohl ich noch nie so viele Schmetterlinge im Bauch gehabt hatte. Er überschüttete mich mit kleinen Geschenken, kochte für mich und half mir bei meinen Niederländischstunden. Ich war ziemlich zufrieden mit unserer heimlichen Beziehung, aber Serge wollte Offenheit. Mehr als einmal lud er mich zu Partys bei seinen Freunden ein – und zu Weihnachten sogar zu seinen Eltern. Jede Einladung schlug ich mit einer Ausrede aus. Ich fühlte mich nicht wohl in der Rolle des ›offiziellen Freundes‹.

Aber einmal, als wir uns ein halbes Jahr kannten, ließ er nicht locker. Tom und René, zwei gute Freunde von ihm, wohnten seit zehn Jahren zusammen und gaben eine Party. Ich hatte sie ein paarmal im *Paradox* getroffen und fand sie ganz nett. Zum ersten Mal sagte ich ja.

Tom und René hatten ein Loft im angesagten Viertel Het Zuid. Die Fassade sah seltsam aus: grüne Kacheln, die an ein Badezimmer erinnerten. Das teuer eingerichtete Wohnzimmer war gerammelt voll. Tom ließ die Champagnerkorken knallen. »Liebling, so hast du noch nie gespritzt!«, lachte er.

René küsste ihn lasziv auf den Mund. »Auf weitere zehn Jahre«, prosteten sie sich zu.

»Und wann zieht ihr zusammen, Serge?«, fragte eine aufgedonnerte Tunte spitz.

»Wir haben eine Wochenendbeziehung«, antwortete Serge. Ich saß halb versteckt hinter einer Zimmerpflanze und nippte an meinem Glas. Mein Niederländisch war inzwischen zwar recht gut, aber von einer Wochenendbeziehung hatte ich noch nie gehört. Die Lichter gingen aus. Ein Spot ging an. Tom legte eine CD in einen Designer-Hifi-Turm. Tiefe Discobässe ließen die Pflanzen erzittern. Die Gäste applaudierten laut. Ein Mann in Frauenkleidern trat in das Zimmer. Er stellte sich herausfordernd in den Lichtstrahl. Eine Perücke wie Zuckerwatte, Fingernägel wie Vampirklauen und ein Mund mit dickem lila Lippenstift. *Love to love you baby* ... Das Wesen bewegte sich auf wackeligen Pfennigabsätzen. Wie konnte man nur so vulgär tanzen? Allah bewahre mich! Die Diva warf sich in die Menge. Jeder bekam einen fetten Kuss von den Monsterlippen ins Gesicht gedrückt. Ich zog Serge am Ärmel.

»Ich will hier weg.«

Er zuckte mit den Achseln und klatschte begeistert weiter. Der Vampir hatte ihn in seinen Klauen. Mich hatte er nicht gesehen. Ich flüchtete auf die Veranda. Hier hatte ich einen herrlichen Blick auf die Stadt, aber es war eiskalt. Den Rest des Abends saß ich zusammengekauert unter einer Jacke in Gesellschaft zweier Kanarienvögel, die den Zigarettenrauch nicht vertrugen.

»Du übertreibst«, sagte Serge im Auto auf dem Weg nach Hause. Er fing an, *Love to love you baby* zu pfeifen. Seine Hand strich über meinen Oberschenkel.

Ich schaute ihn böse an. »Und was hast du mit ›Wochenendbeziehung‹ gemeint?«

»Dass wir nicht zusammenwohnen, mein Schatz. Und gerade das würde ich so gerne.« Seine Hand lag nun in meinem Schritt.

Zwei Männer, die zusammenwohnen. Wie unnatürlich, dachte ich. Keine große Hochzeitsfeier, bis zum Ende seiner Tage zu zweit, ohne Kinder, ohne Familie. Und AIDS? Das war doch auch was von den Schwulen? Man konnte doch nicht immer ein Kondom benutzen. Und wer sollte sich um den Haushalt kümmern? Ich nicht.

»Können wir nicht einfach Freunde sein und ab und zu miteinander schlafen?«, schlug ich vor.

Serge zögerte. Er zog seine Hand zurück.

»Mehr brauchen wir doch nicht?«, murmelte ich.

»Und heimlich ins *Marcus Antonius* gehen, damit du dich betrinken kannst natürlich!«, antwortete Serge bissig. Den Rest der Fahrt zu seiner Wohnung schwiegen wir.

Er hatte recht. Ich ließ mich immer mit Bier volllaufen. Dann erst konnte ich mich gehen lassen. Dann tanzte ich ganz eng mit ihm, legte meine Arme um seinen Hals und versuchte, ihn zu küssen. Dann war er es, der sich wehrte.

Aber als ich an diesem Morgen nüchtern in seinen Armen erwachte, gab es keinen Zweifel. Ihn will ich haben, begriff ich, da können tausend Latifas nicht gegen ankommen.

Ich schalte den Fernseher ein. Da ist der echte Hassan der Zweite wieder mit seinen ewig langen Reden. Auf dem anderen Sender das Abendgebet. Sonst nur Flimmern. Marokko hat sich nicht verändert. Neben dem Fernseher auf einem bestickten Deckchen ein Foto mit Maryam und ihren Söhnen. Am Strand von Casablanca, wie sie einen riesigen Eisbecher verputzen. Sie haben es gut zusammen. Wird es mir auch einmal so gehen? Oder meinem Cousin Murat? Was wollte er da in Erfoud bloß machen? Ich fühle, wie die Narben auf meinem Arm jucken. Das Blut ist zu Schorf erstarrt. Ich habe Lust, es aufzukratzen, aber kann mich zusammenreißen. Ich gehe in die Küche und nehme den Topf mit der Tangine aus dem Schrank. Zum ersten Mal koche ich etwas für Maryam und Tarek.

꧁

»Wir kennen uns schon«, sagte Faouzi und lächelte gezwungen, als ich ihm Serge im *Club Bazaar* vorstellte. Serge fragte kühl, was wir trinken wollten, und ging an den Tresen, um zu bestellen. Faouzi, der ganz heruntergekommen aussah, fing an zu jammern. Dass sein Freund Fouad abgeschoben worden wäre, dass er jetzt kein Zimmer mehr hätte. Ob er heute Nacht nicht bei mir schlafen könnte? Ich traute mich nicht, ihn abzuweisen. Als er kurz darauf auf der Tanzfläche war, erzählte mir Serge, dass man Faouzi nicht trauen kann. Er hatte Serge einmal angemacht, um mit ihm die Nacht zu verbringen. Eine bezahlte Nacht, versteht sich. Zögernd brachte ich ihm bei, dass Faouzi bei mir schlafen würde. Serge sagte, dass ich verrückt geworden wäre.

»Solidarität unter Muslimen«, sagte ich. »Der kann sich niemand entziehen. Faouzi würde für mich das Gleiche tun.«

Hätte ich bloß auf Serge gehört. Aus einer Nacht wurden zwei, und ehe ich mich versah, hatte Faouzi bereits eine Woche bei mir übernachtet. Nun ja, übernachtet … Er tat so, als sei es seine Wohnung, rührte aber keinen Finger. Eine eigene

Wohnung suchte er sich genauso wenig. Geschweige denn eine Arbeit. Den ganzen Tag lümmelte er sich auf dem Sofa, plünderte meinen Kühlschrank und sah sich Videos mit einer Moviebox an, die er angeblich von einem Freund bekommen hatte. Nachts war er unterwegs. Zu allem Unglück verstand er sich gut mit Ashour, der es ziemlich cool fand, dass ich einem Landsmann aus der Klemme half. Latifa war weniger begeistert. Es war eine Schande, dass ich einen Teil der Aussteuer an einen Versager verschwendete! Ich konnte ihr nur zustimmen. Und doch unternahm ich nichts. Aus Feigheit?

Schließlich ging er zu weit. An einem Samstag kaufte er in der Stadt teure Klamotten und ging mit Ashour in die Disco. Ich entdeckte, dass er 5000 Franken aus meinem Schrank gestohlen hatte. Ich stellte seine Sachen vor die Tür, und als er morgens nach Hause kam, sagte ich ihm, dass er sich verziehen soll. Die geschwollene Ader auf meiner Stirn verfehlte ihre Wirkung nicht. Faouzi machte, dass er wegkam.

»*Zamel!* Das wirst du noch bereuen!«, rief er von unten die Treppe herauf.

Die Türklingel lässt mich zusammenzucken. Maryam und die Kinder sind noch nicht zu Hause, also mache ich auf.
»Tarek!«
Da steht mein Bruder im ruhmreichen Trikot von Raja Casablanca. Er umarmt mich und tritt einen Schritt zurück, um mich besser anschauen zu können.
»Omar! Du siehst so gesund aus!«
»Und du! Richtig groß geworden!«

»Ich habe eine Überraschung für dich«, lacht Tarek. »Gerade am Bahnhof abgeholt. Hier ist er, unser Held, per Express aus Fès ...«

Ich traue meinen Augen nicht. Da steht Murat.

»Wie kommst du so schnell hierher? Du warst doch bei deinen Eltern?«

Murat fällt mir um den Hals und drückt mich fest an sich.

»Tarek hat mich angerufen, und ich bin in den ersten Zug nach Casa gesprungen.« Er versucht zu lächeln, aber seine Augen sind feucht und seine Unterlippe zittert.

Wie alt er geworden ist in den paar Jahren, denke ich, als wir hineingehen. Seine Haare werden langsam grau und dann die Furchen auf seiner Stirn ... War er nicht größer? Es sieht aus, als sei er geschrumpft.

»Ich sehe euch nachher«, sagt Tarek. »Ich muss noch zum Training, aber dann gehen wir alle zusammen ins *Café Menudi*!« Er winkt nonchalant und stürmt die Treppe hinunter.

Kurze Zeit später sitze ich mit Murat auf der Terrasse. Wir schweigen und schauen dabei den spielenden Kindern auf dem Platz zu. Drei Jungen sitzen über ein Spielbrett gebeugt und werfen Würfel in den Sand. Ein wildes Gebaren. Arme werden hochgerissen. Siegesgebrüll und Protest. Eine plötzliche Windböe wirbelt den Sand auf. Kurz verschwinden die Jungen in einer Wolke. In diesem Moment lächeln wir uns in stillem Einvernehmen an. Oder ist es ein stilles Bedauern?

Von einem Minarett schallt der traurige Refrain des Muezzin über die Dächer. In der Ferne ertrinkt die Abendsonne im Nebel über dem Ozean. Ich kann mich nicht mehr zurückhalten. Ich erzähle Murat alles über Serge und meine Probleme in Belgien.

Der Ozean hat die Sonne bereits verschluckt, als Maryam mit großen, erschrockenen Augen hereingestürmt kommt.

»Was hast du da in Belgien angestellt?« Sie hält mir eine Zeitung unter die Nase. Eine flämische Zeitung. Ein Foto von mir mit einer Suchmeldung darunter.

»Woher hast du die?«, frage ich ruhig.

»Kennst du Malika noch? Die ist jetzt Stewardess. Sie hat dein Foto in der Zeitung eines Passagiers erkannt.«

Ich schaue Murat an, der gelassen mit den Achseln zuckt.

»Deshalb durfte niemand etwas wissen!«, jammert Maryam. »Was hast du getan?«

»Was haben sie getan!«, rufe ich.

Maryam fängt an, wie wild auf ihren Nägeln zu kauen.

»Hier, das haben sie getan!« Ich zeige auf die Narbe an meiner Schläfe. Maryam hört auf zu kauen, ihre Kinnlade fällt herunter. In diesem Moment geht die Tür leise quietschend einen Spalt auf. Zwei kleine Köpfe lugen neugierig herein.

»Zied! Farid! Euer Onkel Murat ist da«, sage ich fröhlich. »Zeigt ihm doch mal euer Zimmer.«

Einen ›Onkel‹ mehr oder weniger, seltsam finden sie es nicht. Murat wird in den Flur hineingezogen. Ich setze mich mit Maryam auf das Sofa und lege meinen Arm um ihre zitternden Schultern.

»Mach dir keine Sorgen. Da steht nur, dass ich vermisst werde. Ich habe nichts angestellt.«

Maryam lässt erleichtert die Schultern sinken.

»Was meinst du mit vermisst?«

Wieder spinne ich ein Netz aus Lügen. Ich erzähle ihr, dass ich in einer Disco in Flandern ein Mädchen geküsst habe. Dass Onkel Salem es von Ashour erfahren hat. Dass er mich geschlagen hat. Dass ich darum weggelaufen bin. Maryam nimmt mein Kinn und dreht meinen Kopf zu sich. Traurige Augen sehen mich an.

Nachdem wir alle zusammen Tagine und Gebäck gegessen haben, sitze ich auf dem Balkon und starre auf das Nachglühen der Sonne, das langsam über dem Ozean erlischt. Von einer kalten Brise bekomme ich eine Gänsehaut. Ich denke an Oostende. An Serge.

༄

Ein flammender Himmel. Nach einem langen Spaziergang am Strand aßen wir Krebse in einem teuren Restaurant mit Blick aufs Meer. In der Abendsonne schien sein Gesicht wie von Bronze. Sein Haar hatte einen goldenen Schimmer. Er winkte dem Kellner, und kurz darauf klangen die ersten Takte von *Don't let the sun go down on me* zu uns herüber. Ich nahm seine Hand und schaute tief in das Grün seiner Augen. Wir schwebten auf rosa Wolken. Der zärtliche Klang des Klaviers. Tröstende Stimmen. Die Sonne stand unbeweglich über dem Horizont. Sie ging nicht unter. Der ferne Trommelwirbel konnte ihr nichts anhaben. Die Stimmen von Elton und George verschmolzen in einem letzten Ton. Das Klavier erstarb zitternd in den Wellen. Die Möwen, die würdevoll vorm Fenster segelten, gaben uns ihren Segen. Serge schob einen Ring an meinen Finger.

»Auf dass wir zusammen bleiben«, sagte er, »trotz allem.«

Am Morgen nach Oostende hämmerte es gegen die Tür. Noch ganz verschlafen und in Unterhose öffnete ich. Onkel Salem und Ashour. Bevor ich etwas sagen konnte, zog mich mein Onkel an den Haaren nach drinnen und schleuderte mich in die Mitte des Zimmers. Mein gläserner Wohnzimmertisch ging zu Bruch. Ein schneidender Schmerz in meinem Rücken.

»Du hinterhältiger Lügner!«, zeterte er. »Wie kannst du es wagen? Du bringst Schande über die ganze Familie!«

Ashour stand leichenblass neben seinem Vater. Die Arme hinter dem Rücken, mit eingezogenem Kopf, den Mund feige zusammengekniffen. Mein Onkel stieß mich in die Nieren.

»Es kommt ja nicht von ungefähr. Das liegt in der Familie von deinem Vater!«

»Ich hab nichts getan«, wimmerte ich.

»Es hat kein Sinn, es abzustreiten. Faouzi hat Ashour alles erzählt.«

Langsam kam ich wieder hoch, bekam aber sofort einen Schlag ins Gesicht. Der Ring mit dem eingravierten Zeichen Allahs, auf den mein Onkel so stolz war, schnitt mir in die Schläfe. Blut spritzte herum. Ashour wandte den Blick ab. Sein Vater schnaubte: »*Zamel!* Wage es noch einmal, dich mit diesem Belgier zu treffen, und wir zeigen dich an wegen Scheinehe. Dann kannst du zurück nach Marokko und unter deinem Feigenbaum verrotten.«

Das Blut lief mir an der Wange entlang zum Hals. Ashour stand wie versteinert an der Wand. Wollte er vielleicht im Vorhang verschwinden? Ich schnellte hoch und sprang ihm an die Kehle.

»Verräter!«, schrie ich. »Faouzi ist ein *Zamel*. Er lässt sich dafür bezahlen!« Ich drückte fester zu. Ashour versuchte, sich aus meinem Würgegriff zu befreien, aber meine Wut war stärker als seine jahrelang trainierten Muskeln. Sein Gesicht verfärbte sich violett.

Dann spürte ich einen harten Gegenstand am Hinterkopf, und alles wurde schwarz vor meinen Augen.

Das ist der Garten mit den vierzig Jünglingen, schoss es mir durch den Kopf, als ich mühsam die Augen öffnete. Die schönsten, die es gab. Ein Jüngling beugte sich über mich. Ganz in Weiß, mit blonden Locken und Lippen glänzend wie Honig. Die Augen so blau wie eine Quelle in einer Oase und die Wangen so frisch wie eine gerade aufgegangene Hibiskusblüte. Er legte mir seine kühle Hand auf die Stirn und flüsterte zärtliche Worte. Der penetrante Geruch von Desinfektionsmittel holte mich zurück in die Realität. Ich lag in einem Krankenhausbett, und der Jüngling war ein Pfleger. Als sich meine erste Benommenheit gelegt hatte, sah er schon viel normaler aus. Aber er war sehr freundlich. Ich lag hier bereits einen Tag und eine Nacht, erzählte er. Alles würde wieder in Ordnung kommen. Meine Kopfwunde war genäht, und die Schnitte an meiner Schläfe und meinem Rücken waren halb so schlimm.

»Wie es aussieht, sind die Einbrecher geflüchtet und haben nichts Wertvolles mitgenommen«, fügte er hinzu.

»Ich kümmere mich schon um ihn. Vielen Dank«, hörte ich eine vertraute Stimme aus der Ferne.

Latifa kam ins Zimmer, und der Pfleger verschwand geräuschlos. Sie stellte sich mit etwas Abstand vor dem Bett auf. Ihre Augen waren rot gerändert, und ihr Gesicht sah aus wie das einer Wachsfigur.

»Habt ihr den Einbruch schon bei der Polizei gemeldet?«, fragte ich spöttisch. Ich schaute durch sie hindurch, als sei sie eine Fata Morgana.

»Es tut mir leid, Omar. Sie sind zu weit gegangen.«

Ich befühlte meine geschwollene Schläfe und grinste.

»Aber du auch«, fuhr Latifa fort. »Hinter meinem Rücken.«

Die Dreckskerle hatten es ihr erzählt. Ich schwieg. Sie kam ein paar Schritte näher.

»Ich verstehe schon, dass du gewisse Bedürfnisse hast … Und dass ich es dir nicht einfach gemacht habe.« Sie errötete leicht. »Aber ich bin froh, dass du mich nicht mit einer anderen Frau betrogen hast.« Sie nahm meine verletzte Hand und schüttelte fast unmerklich den Kopf. »Alles wird wieder gut, wenn wir erst einmal zusammenwohnen. Ich habe mit meinem Vater darüber gesprochen. Er ist einverstanden damit, dass wir unsere Hochzeit vorverlegen. In zwei Monaten, wenn der Saal vom Gemeindehaus noch frei ist.«

Ob ich überhaupt noch heiraten wollte, wurde ich nicht gefragt. Die Familie tat so, als sei nichts geschehen. Mit einem großen Unterschied. Als ich wieder gesund war und arbeitete, führte Onkel Salem ein wahres Gefängnisregime ein. Die Schlüssel meiner eigenen Wohnung wurden konfisziert, und Ashour zog bei mir ein. Abends musste ich von meiner Arbeit direkt nach Hause. Ashour war mein Gefängniswärter. Wenn er fort musste, schloss er mich ein. Im Notfall sollte ich dann eben an die Wand des marokkanischen Nachbarn klopfen. Der hatte einen Ersatzschlüssel. Mit Ashour wechselte ich kein Wort. Egal, wie er sich auch bemühte, eine Entschuldigung zu finden. Er war Luft für mich. Der Fernseher, den er mir als Sühneopfer gegeben hatte, lief nur, wenn er zu Hause war. Wenn er das Frühstück machte, aß ich nichts.

Am ersten Tag, als ich wieder zu Hause war, klingelte Serge. Ich hatte das Geräusch seines Wagens erkannt. Ashour schloss meine Zimmertür ab und ging nach unten, um aufzumachen. Ich presste mein Ohr gegen die Tür. Ich hörte die Stimme von Serge und dann, lauter, die von Ashour, aber was sie sagten, verstand ich nicht.

»Das war das letzte Mal, dass der uns belästigt hat«, grummelte mein Cousin, als er wieder hereinkam.

Es war die Hölle für mich. Ich hielt es nicht mehr aus. Am Tag der Lohnauszahlung ging ich nicht nach Hause. Einem plötzlichen Impuls folgend, kaufte ich mir eine Fahrkarte für den Europabus nach Algeciras. Ich wollte meine Eltern sehen, meine Geschwister. Aber mein Vater und meine Mutter würden enttäuscht sein. Sie hatten ihre ganze Hoffung in mich und Latifa gesetzt. Die Wahrheit konnte ich ihnen nicht erzählen.

Zu wem konnte ich gehen? Zu Maryam vielleicht? Die hatte mich immer unterstützt. Während ich in einem Café saß und auf die Abfahrt wartete, kamen mir Zweifel. Sollte ich vielleicht doch lieber bleiben? Ich rief Serge an. Er kam ins Café geeilt. Ich erklärte ihm, was passiert war. Er schlug vor, dass ich bei ihm einziehe. Das ging nicht, sagte ich, auf jeden Fall nicht in der Stadt. Sie würden mich schnell finden und nach Marokko zurückschicken. Warum zogen wir nicht aufs Land? Oder gingen ins Ausland? Serge seufzte. Ins Ausland? So eine einschneidende Veränderung in seinem Leben kam für ihn nicht in Frage. Und sich verstecken auf dem Land, dazu hatte er keine Lust. Letztendlich würde ich hier illegal sein, jammerte er. Ich fand ihn feige. Wie konnte er mich jetzt im Stich lassen? Ich schüttete ihm mein Bier ins Gesicht und rannte nach draußen. Der Bus fuhr ab. Ich konnte grade noch einsteigen. Durch die Heckscheibe sah ich Serge aus dem Café taumeln. Sein Mund formte sich zu einem verzweifelten ›O‹, dann bog der Bus um die Kurve.

Telefonklingeln. Maryam hat den Hörer schon in der Hand. In ihrem weißen Nachthemd und mit den offenen, unbändigen Haaren hat sie etwas Unheilvolles.

»Der ist hier bei uns. Seit gestern.« Maryam zeigt auf mich und wirft mir einen vorwurfsvollen Blick zu. Kurz bleibt sie stocksteif wie eine Freiheitsstatue ohne Fackel stehen und fasst sich an den Bauch.

»In der Notaufnahme? Was hat er?«

Ich spitze die Ohren. Das Gesicht von Maryam wird so weiß wie ihr Nachthemd.

acht

Ich habe Angst, ihn wiederzusehen. Wir haben uns nichts zu sagen. Seit dem Anschlag in der Wüste sind wir wie Fremde für einander. Ich habe es nie verstanden. Warum wurde er bei mir immer so wütend? Warum hat er Adnane und Tarek nie so runtergemacht? Weil sie sich nicht so ungeschickt anstellten wie ich? Mit Adnane sprach er über die Arbeit. Mit Tarek über Fußball. Meine Schule interessierte ihn nicht. Geldverschwendung nannte er das. Und wie recht er bekommen hatte.

Das Herumirren in der Wüste, die Ferien in Tunesien, die Abreise nach Belgien ... War ich vor mir selber auf der Flucht? Oder vor ihm? Damit er mich nicht mehr verletzen konnte? Um zu beweisen, dass ich auf eigenen Füßen stehen konnte? Dass ich ihn nicht brauchte?

Er hat mich tief verletzt, aber jetzt habe ich ihn zu Fall gebracht. Aus der Ferne. Ein Schlaganfall. Ich frage mich, was ihm Onkel Salem erzählt hat. Was zwischen Murat und mir vorgefallen war, konnte er nur schwer verkraften, aber er gab die Hoffnung nicht auf. Und jetzt das. Wie auch immer, es war nicht meine Schuld. Er war schon krank. Er hat es sich ganz allein zu verdanken.

Alles hat einen goldenen Schimmer. Der lederne Wasserschlauch auf dem Klapptischchen. Ein Stück Wassermelone. Die Falten der Gardinen, die Stühle, meine Hände. Das Haar von Murat, der mit seinem Kopf in meinem Schoß schläft, sein Gesicht, ja, sogar die kleinen Fältchen um seine Augen sind von einer dünnen Goldschicht bedeckt. Niesend wird er wach. Ich lache.

»Das kleine Fenster stand einen Spalt offen. Wüstensand ist hereingeweht«, sage ich.

Murat streckt sich und schüttelt den Staub aus seinen Haaren.

»Sind wir bald da?«

»Noch eine gute halbe Stunde. Willst du Kaffee?«

Der Zug fährt langsam durch eine Schlucht. Ich durchsuche meine in aller Eile zusammengepackte Reisetasche und finde eine Packung Kuchen, die Maryam hineingestopft hat. Er schmeckt mir nicht. Ich werfe mein Stück aus dem Fenster.

Murat schenkt Kaffee aus der Thermoskanne ein. »Trink wenigstens etwas, Grashüpfer.«

Ich lächle. Grashüpfer. Wie er seine Lippen schürzt, wenn er das Wort ausspricht. Ich denke an unsere gemeinsame Nacht auf dem Dach. Murat zwinkert mir zu und gibt mir einen Becher. Die Schlucht wird schmaler, es wird dunkel in unserem Abteil.

»Was hast du vor?«, will ich wissen.

»Das hier«, antwortet Murat, während er mit den Fingern etwas Sand auf dem Klapptischchen zusammenfegt.

»Straßenfeger werden? Putzen?«

»Sand verkaufen. Fata Morganas und Wüstenträume an den Mann bringen.«

Ich schlürfe den Kaffee und kneife die Augen zusammen.
»Das musst du mir erklären.«
»Bist du schon mal in Erfoud gewesen? Kennst du die Dunes d'Or?«
»Hab davon gehört. Sogar in Belgien.«
»Genau. Ausländer sind von diesen Dünen fasziniert. Sie wollen Ausflüge dahin machen. Mit dem Jeep oder auf Kamelen. In Beduinenzelten schlafen. Trockenfleisch essen. Wasserpfeife rauchen. Millionen von Sternen sehen. Aber sie wagen sich nicht alleine in die Wüste. Zu Recht. Die Beduinen stellen die Wegweiser absichtlich um, so dass die Touristen stecken bleiben. Wie zufällig sind sie dann mit ihren Kamelen in der Nähe. Und dann lassen sie die Touristen dafür bluten, ihren Jeep aus dem Sand zu ziehen.«
Ich verschlucke mich und huste. »Willst du etwa Fallen für Touristen aufstellen?«
»Nein. Ich will mein Brot auf ehrliche Weise als Reiseführer verdienen. Ich habe nicht nur herumgesessen in den vier Wänden meiner Zelle, weißt du. Französisch konnte ich schon, jetzt beherrsche ich auch Deutsch und Englisch.« Er stellt seinen Becher ab und rieb sich mit den Fingern nachdenklich über seinen Stoppelbart. Ein plötzlicher Sonnenstrahl fällt ins Abteil und lässt ihn blinzeln.
»Du sprichst doch Niederländisch, oder?«
Ich nicke.
»Du und ich als Wüstenführer, stell dir das mal vor. Wir kaufen einen gebrauchten Jeep und ein altes Beduinenzelt. Wir mieten ein kleines Büro in Erfoud und legen los. Her mit den Touristen!« Er gibt mir einen Klaps auf den Oberschenkel. Seine Hand bleibt liegen. Eine vertraute Wärme strömt durch den Stoff meiner Hose. Ich schüttle den Kopf.
»Pass du mal lieber auf mit deinen Ausländern!«

»Das musst du gerade sagen!«
Wir lachen uns tot. Auf einmal stopft mir Murat ein großes Stück Kuchen in den Mund und drückt meine Kiefer zusammen. Dann schaut er mir ernst in die Augen und lockert seinen Griff. Ich huste. Krümel fliegen herum.

Kurz darauf fahren wir aus der Schlucht heraus. Murat sitzt zusammengesunken da und starrt mit kritischem Blick aus dem Fenster.

»Omar ... wenn ich an deiner Stelle wäre, dann ...«
»Was dann?«
»Ich würde Serge noch eine Chance geben.«

Die Sonne bringt die Wüstenebene zum Flimmern. In der Ferne sehe ich die Silhouette von Marrakesch auftauchen. Von dort nehmen wir den Bus nach Guelmim.

An der Bushaltestelle von Guelmim kommt Nadia uns abholen. Ich erkenne meine kleine Schwester kaum wieder. Sie ist jetzt siebzehn und ähnelt Zohra sehr, als sie so alt war. Nur ist Nadia viel schüchterner. Sie traut sich kaum, Murat und mich anzuschauen, und von dem Kuss, den wir ihr geben, wird sie rot. Unterwegs nach Hause sagt sie kein Wort. Ich frage sie lieber nichts.

Der Bungalow aus Holz, in dem sie wohnen, ist geräumig und komfortabel. Was für ein Unterschied zu den Betonklötzen, in die uns das Militär früher gesteckt hat.

Meine Mutter erwartet uns auf der Schwelle. Sie knetet ein feuchtes Taschentuch in ihren Händen. Wie wird sie die Neuigkeiten verarbeitet haben? Ist sie immer noch auf meiner Seite? Sie war wenigstens da, als ich sie brauchte. Ich laufe auf sie zu und nehme sie in die Arme. Ich sauge ihren vertrauten Geruch nach Seife, Küche und sauberer Bettwäsche ein. Es kommt mir vor, als wäre ich nie fort gewesen.

Als ob Belgien ein Traum war. Meine Mutter klammert sich fest an mich.

»Omar, warum?«, schluchzt sie.

Ich winde mich aus ihrer Umarmung. »Wie geht es ihm?«

Sie zuckt mit den Achseln und schüttelt ihr graues Haupt. »Komm herein und iss etwas.«

Das Erste, das mir im Wohnzimmer auffällt, ist seine Ausgehuniform. Mit drei Sternen auf den Schultern. Sie hängt auf einer Kleiderpuppe aus Holz in einer Ecke des Zimmers. Sie ist noch neu. Kurz meine ich, eine Rauchfahne aus dem leeren Kragen aufsteigen zu sehen.

»Einmal hat er sie getragen«, seufzt meine Mutter. Sie legt die Hand auf die Schulter der Uniform. »Für die Parade, als er seine Sterne bekam.«

Murat steht ein bisschen verloren herum. Obwohl sie ihn umarmt hat, tut meine Mutter jetzt so, als sei er nicht da.

»Er hat heute morgen nach dir gefragt«, fährt sie fort, während sie einen Fussel von einer Epaulette zupft.

»Ich hab gesagt, dass du schnell kommen wirst.«

»Wo liegt er?«

»Im Krankensaal der Kaserne. Iss jetzt schnell und geh hin. Bevor es zu spät ist.«

Die General-Hammoudi-Kaserne. Vor zwei Jahren gebaut. Die weiß getünchten Mauern blenden uns, als wir mit dem Jeep meines Vaters ankommen. Während wir am Tor warten, wühle ich nervös in meiner Hosentasche. Ich fühle den Ring von Serge. Ohne nachzudenken, stecke ich ihn an den Finger. Das Tor schwenkt auf, und Murat lenkt den Wagen auf den Exerzierplatz. Es ist totenstill. Ein Eichhörnchen flüchtet eine Palme hinauf. Ich gehe in die Tür mit dem roten Halbmond. Murat bleibt im Jeep und wartet.

Da liegt er. Er schläft. Eine Kanüle in seiner linken Hand, Sauerstoffröhrchen in seinen Nasenlöchern. Sein nackter Ellenbogen in dem kurzen Ärmel des Krankenhemdes verleiht ihm etwas Verletzliches. Die Haut hängt in runden Falten lose herunter. Das erinnert mich an die Jahresringe eines abgesägten Baumstamms. Es ist brütend heiß im Zimmer. Der Pfleger, der mich hierhergeführt hat, bietet mir einen Stuhl an, öffnet ein Fenster und lässt uns allein. Ich setze mich. Schau ihn mir an. Wie abgemagert er ist. Sein einst so stolzer Schnurrbart hängt traurig herunter und verliert sich in grauen Stoppeln. Seine Hände liegen wie zwei gebrochene Bärentatzen auf der Bettdecke. Er zittert. Es ist still, aber von Weitem höre ich Marschbefehle und Stiefelschritte näherkommen. Eine neue Ladung Rekruten. Auf dem Exerzierplatz brüllt der Hauptmann einen Befehl. Die Einheit kommt zum Stehen. Das Gebrüll hat meinen Vater geweckt. Mühsam öffnet er die Augen. Er sieht mich. Ich versuche zu lächeln, aber ich bin wie gelähmt.

»Flüchten«, fantasiert er. »Wir müssen weiter.«

Panisch schießen seine Augen hin und her. Ich muss ihn beruhigen, zögere aber und schweige.

»Lasst mich nicht zurück!«, ruft er.

Wie einer gefährlichen Schlange nähert sich meine Hand vorsichtig seinem Arm. Ich mache ein besänftigendes Geräusch und streichle sein Handgelenk.

»Ich bin's, Omar. Beruhige dich.«

Er sperrt seine Augen weit auf. »Omar wird vermisst. Was haben sie getan? Warum ist er geflohen?«

»Ganz ruhig. Ich bin hier. Bei dir.« Ich schenke Wasser aus einer Metallkanne in ein Glas und bringe es an seine Lippen. Gierig schluckt er es hinunter. Aus seinen Mundwinkeln läuft es auf die Bettdecke. Dann schmatzt er zufrieden mit den Lippen und atmet tief ein.

»Wasser ... endlich. Tagelang nichts getrunken.«

Ich stelle das Glas zurück auf den Nachtisch. Das Geräusch von Glas auf Metall lässt ihn zur Seite schauen.

»Omar! Du bist es.« Er lächelt und zwinkert ein paarmal mit den Augen. »Dieses ganze Weiß blendet mich. Omar? Was machst du zwischen geschorenem Schaffell?« Die Stirn in tiefe Falten gelegt, zupft er an der Bettdecke. »Gute Qualität. Erstklassige Ware.« Dann gleitet seine Hand auf mein Knie. »Wir kommen von weit her. Omar. Laufen, immer laufen. Meine Fußsohlen sind ganz aufgesprungen. Kamal! Wir müssen fort. Weg von den zersplitternden Knochen. Von dem Gestank nach versengtem Fleisch. Stücke Fleisch. Hände, Beine, Arme, Helme ... Köpfe. Blut und Sand. Weg! Still ... Sie sind noch in der Nähe, da, ihr Lagerfeuer. Schieß Kamal! Töte sie! Die Barbaren, die Kannibalen ... Kamal, was machst du? Bleib hier! Gib mir das Gewehr! Kamal ... Zu spät. Sie haben uns gehört. Lauf! Lauf, Kamal!« Das Gesicht meines Vaters verkrampft sich. »Wir sind Feiglinge. Deserteure.«

Abschätzig zieht er eine Augenbraue hoch. Dann entspannt sich sein Gesicht, und seine schlechten Zähne fangen an zu klappern. Das Blut weicht aus seinem Gesicht. Ich lege ihm den Arm um die Schulter und gebe ihm noch etwas zu trinken. Er trinkt nun ein bisschen ruhiger. Plötzlich dreht er den Kopf zum Fenster und kommt hoch.

»Die Sonne. Sie macht uns kaputt. Eine Oase, dahinten! Eine Festung! Wir schaffen es nicht. Die Sonne ...«

Ich stehe auf und ziehe die Gardine zu. Mein Vater fällt ins Kissen und seufzt auf. Er fängt leise und abgehackt zu summen an. Ein Soldatenlied. Er summt träge und wehmütig. Es hört sich an wie ein Schlaflied. Das Summen hält an. Meines Vaters Rumpf wankt nach vorne, er streckt die Arme nach mir aus. Ich fange ihn auf. Sein Kopf fällt schwer auf meine Schulter. Ich rieche Zigarettenqualm in seinem dünnen Haar. Er schmatzt ein paarmal und beginnt wieder zu summen. Dann brabbelt er: »Nicht weinen, Kamal. Ich halte dich fest. Hab keine Angst. Wir finden den Weg schon.«

Plötzlich hebt er den Kopf und schaut mich mit großen, verzweifelten Augen an.

»Omar ... War ich ein Verräter? Du solltest ein echter Soldat werden. Kein Feigling. So wie Kamal. So wie ich. Du nicht, Omar!« Sein Blick wird starr ... Er lässt den Kopf an meiner Schulter hängen und beginnt, heftig zu schluchzen. Ich drücke ihn fest an mich.

»Omar, geh nicht fort«, schluchzt er.

Ich streichle ihm den Nacken. Sein Haar ist immer noch kurz geschoren, so wie es sich für einen Soldaten gehört. Das Schluchzen wird weniger. Er beruhigt sich. Seltsam, denke ich, er hat mich nie im Arm gehalten, selbst als ich noch ein kleines Kind war nicht. Und jetzt halte ich ihn in den Armen. Als ob er mein Kind ist. Als er zur Ruhe gekommen ist, lasse ich ihn auf sein Kissen zurücksinken. Er bemerkt den Ring an meiner Hand und zeigt darauf. Mit glänzenden Augen schaut er mich an.

»Latifa ... endlich deine Frau.«

Ich schüttle den Kopf und sehe ihm direkt in die Augen.

»Nein, Vater, den habe ich von einem Mann, der mich wirklich liebt.«

Panik in seinem Blick. Er hebt seine rechte Hand. Ich weiche nicht mehr zurück. Und doch spüre ich einen leichten Schauer meinen Rücken hinunterlaufen. Der Körper vergisst nicht.

Dann verschwindet die Sorge aus dem Blick meines Vaters. Seine Hand fällt auf die Bettdecke.

»*Inch' Allah* ...«, sagt er.

Ich umarme ihn. Er klopft mir sanft auf den Rücken. Ich mache mich aus seinen Armen los und gehe zur Tür.

»Bis bald«, sage ich.

»Omar!«, ruft er, als ich die Tür öffne. Ich drehe mich um. Mein Vater schaut mich stolz an. »Du bist kein Feigling.« Er hebt die Hand an die Schläfe und salutiert.

»Das schwirrt ihm durch den Kopf, seit wir wieder in Guelmim wohnen«, sagt meine Mutter. »Alles von früher kam zurück. Er fragte sich, ob er nicht zu streng gewesen war. Er hat es zu deinem Besten getan, sagte er. Aber es tat ihm leid, das konnte ich sehen. Er hat dich vermisst.«

Ich sitze mit meiner Mutter im Garten unter dem sternenübersäten Himmel. Die Stille ist ohrenbetäubend. Wir trinken Pfefferminztee neben einer krumm gewachsenen Tamariske. Murat macht mit Nadia den Abwasch. Mit einem großen Schluck schlürft meine Mutter ihren Tee aus. Sie hat ihn immer gerne heiß getrunken. Sie hält die silberne Teekanne ans Ohr und lässt den Tee in der Kanne kreisen. Sie will mir ein zweites Glas einschenken, aber bemerkt, dass ich kaum getrunken habe.

Missmutig lächelt sie und stellt die Kanne wieder auf das Tablett. Aus der Küche hört man gedämpftes Lachen. Meine Mutter lächelt: »Habe ich dir je erzählt, wie stolz er auf dich war, als du auf der Oberschule warst? Ich höre noch, wie er es zum Unteroffizier Minari sagt, als der einmal zu Besuch kam. ›Mein Sohn gehört zu den Besten in der Klasse!‹«

Durch das Glas brennt der heiße Tee an meinen Fingerkuppen. Abwesend starre ich auf einen Stern in unerreichbarer Ferne. Das Glas rutscht mir aus den Händen und zerspringt auf dem Fußboden in Stücke.

»Noch immer zwei linke Hände«, lacht meine Mutter. Sie nimmt ihre Schürze ab und wischt die Scherben damit auf. Ich bekomme sofort ein neues Glas. Kopfschüttelnd schaut sie mich an.

»Und noch immer machst du dumme Sachen! Deine zukünftige Frau und Familie einfach im Stich lassen, bloß weil du deine Arbeit verloren hast!«

Also das hat Onkel Salem ihnen weisgemacht. Über seinen Anteil an der Geschichte wird er sicher nichts erzählt haben.

Ich puste in mein Glas. Der Tee kräuselt sich wie eine Sanddüne. Meine Mutter schüttet mit grimmigen Schwung die schlaffen Pfefferminzblätter aus der Kanne in den Garten.

Ich trinke mein Glas in einem Zug leer und erzähle, was Onkel Salem mir angetan hat. Und warum. Dieses Mal gibt es keine Lügen und halben Wahrheiten.

Als ich zu Ende erzählt habe, legt meine Mutter ihre Hände vors Gesicht und seufzt tief. Ich setze mich auf die Lehne ihres Stuhls und lege ihr die Hand auf die Schulter. Sie schaut mich an. In ihren Augen schwimmen Tränen, aber ihr Mund verzieht sich zu einem tröstenden Lächeln. Ein plötzlicher Lichtschein lässt uns zum Himmel aufschauen. Eine Sternschnuppe. Während sich der Silberstaub des Schweifs langsam in der Dunkelheit auflöst, klingelt das Telefon. Mein Vater ist gestorben.

Nach der Beerdigung heute Morgen bin ich in die Wüste gegangen. Ich musste fort. Nicht mehr denken. Meinen Kopf leer machen. Nach stundenlangem Laufen kam ich hier zu den Kakteen. Das ist sehr lange her, damals mit meinem Vater und Tarek. Auch jetzt wachsen die Kaktusfeigen. Ich wickle mir mein Taschentuch um die Hand, damit mich die Stacheln nicht stechen, und schneide mit dem Taschenmesser ein paar

Früchte ab. Ich setze mich in den Sand. Die Sonne ist sengend heiß. Ich ziehe mir das Hemd aus, um meinen Kopf damit zu schützen. Die Haut an meinem Arm ist wieder ganz glatt. Kein Schorf mehr. Nur weiße Narben. Das Messer brennt in meiner Hand. Es drängt mich. Bevor ich überlegen kann, drückt sich die Klinge in die Haut meines Arms. Wenn ich noch ein bisschen fester drücke, fange ich an zu bluten … Aber ich schneide nicht. Ich schäle die Feigen und esse.

Antwerpen-Borgerhout, im April 2006

Gay And The City

Ethan Mordden
GAY AND THE CITY

Erzählungen, 240 Seiten
Broschur, 14 x 19 cm
€ 15,95 / CHF 29,-
ISBN: 978-3-86187-914-5

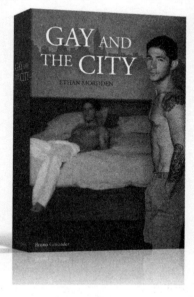

Dieser Meilenstein der schwulen Literatur beschwört die Freundschaften, die schwule Männer schließen, ob sie nun mit oder ohne Sex beginnen oder ganz ohne Sex auskommen. Mit spitzer Zunge und scharfem Blick beschreibt Ethan Mordden das schwule Leben in Manhattan, wo der exzentrische Erzähler Hof hält und über die Verwicklungen im Leben seiner Freunde berichtet - vom unerschütterlichen Dennis Savage und seinem Partner Little Kiwi, der stets in Begleitung seines nervenden Hundes Bauhaus auftaucht, vom attraktiven Carlo, Inbegriff des muskulösen Hunk, und von vielen anderen, die sich finden, um festzustellen, dass ihre geradezu verschworene Gemeinschaft das größte Geschenk ist, das sie sich gegenseitig machen können.

Portale & Profile

Stephen McCauley
PORTALE & PROFILE

Roman, 320 Seiten
Broschur, 13 x 19 cm
€ 16,95 / CHF 29,-
ISBN: 978-3-86187-864-3

Der attraktive Bostoner Immobilienmakler William Collins regelt sein Sexleben äußerst effektiv über Verabredungen aus dem Internet. So effektiv, dass der schnelle Sex zum lästigen Laster wird und Williams Leben immer stärker dominiert. In diesem Augenblick treten Charlotte und Samuel in sein Leben: stinkreiche Erfolgsmenschen. Das perfekte Pärchen sucht die perfekte Wohnung in Citylage. »Glückliche Menschen«, notiert William, »mal sehen, was ich von denen lernen kann«. Doch wie sich herausstellt, gucken sich die Heteros mehr vom schwulen William ab als umgekehrt.

»Stephan McCauley ist ein Lästermaul im besten Sinne und in der Tradition von Evelyn Waugh and Oscar Wilde ... mit geballtem, bisweilen beißendem Witz beobachtet er menschliche Schwächen und gewährt einen lohnenden Blick auf alltägliche Mehrdeutigkeiten und moralische Ambivalenzen unseres heutigen Lebens.« *Los Angeles Times*

Er hat's raus

Kirk Read
ER HAT'S RAUS

Roman, 240 Seiten
Broschur, 13 x 19 cm
€ 14,95 / CHF 26,-
ISBN: 978-3-86187-863-6

Kirk weiß, wie's geht, und er weiß, was er will: Da stört es ihn auch nicht, dass sein Coming-out nicht überall Begeisterung auslöst: Schule, Eltern, Nachbarn, Freunde schaffen es nicht, dass Kirk seinen Humor und seine Coolness verliert – geschweige denn von seiner Maxime abrückt, sich nie mit halben Sachen zufrieden zu geben. Kirk Read's Geschichte eines schwulen Teenagers ist provokant, bewegend, smart und sehr humorvoll. Sie wird Ihr Herz im Sturm erobern…

»Dieses Buch erinnert uns wieder einmal daran, dass die Schulzeit so was wie Alleskleber ist – wir kommen nie von unseren Klassenkameraden los!« *Rita Mae Brown*

»Wenn ich so ein Buch als Teenager gelesen hätte, wäre mir so manches im Leben leichter gefallen!« *Lambda Book Report*

Russen WG

**Konstantin Kropotkin
RUSSEN WG**

Roman, 240 Seiten
Broschur, 13 x 19 cm
€ 14,95 / CHF 27,40
ISBN: 978-3-86187-915-2

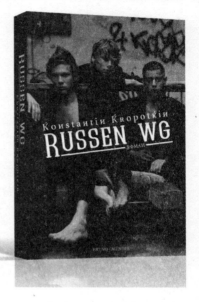

Drei Jungs gründen mitten in Moskau eine WG. Ihr Ziel: Den schwulen Alltag besser meistern. Dabei könnten die drei unterschiedlicher nicht sein: der smarte und karriereorientierte Banker Kiryll, der aufsässige und schrille Mark sowie der experimentierfreudige Ilja. Und nicht nur aufgrund dieser explosiven Mischung verwandelt sich die Männerwirtschaft bald in ein wahres Sodom und Gomorrha.

Diese Kurzgeschichten wurden in den Jahren 2003 bis 2004 im Internet auf der Seite Gay.ru veröffentlicht. Jede Folge der „Online-Seifenoper" wurde mit hunderten Stimmen voller Begeisterung empfangen ... die drei Protagonisten sind für viele Leser die neuen Schwulenikonen geworden. Über jeden Schritt wurde diskutiert, und viele haben schon etwas Ähnliches erlebt ...

Schwuler Sex, schwule Gesundheit

Dr. Alex Vass
SCHWULER SEX, SCHWULE GESUNDHEIT

Sachbuch, 320 Seiten
Broschur, 14 x 21 cm
€ 16,95 / CHF 30,70
ISBN: 978-3-86187-916-9

SCHWULER SEX, SCHWULE GESUNDHEIT hilft dir dabei zu verstehen, was Schwulsein bedeutet und beschreibt die Erfahrungen, die viele Männer erleben. Dieses Sachbuch erklärt dir, wie dein Körper beim Sex funktioniert, wie du besseren Sex haben kannst – vom Blümchensex bis zu Hardcore-Spielen – und welche möglichen Gesundheitsrisiken dabei für dich entstehen. Sex kann alle möglichen Arten von Problemen hervorrufen – sowohl physischer also auch emotioneller Art. Wie du dich davor schützt und dein Sexleben ausgiebig genießen kannst, erklärt dir der bekannte britische Arzt Dr. Alex Vass.

Schwul-Deutsch, Deutsch-Schwul

Jonas Brollmann
SCHWUL-DEUTSCH,
DEUTSCH-SCHWUL
Schwule vertehen leicht gemacht

Sachbuch, 80 Seiten
Broschur, 10,5 x 14,8 cm
€ 6,95 / CHF 13,–
ISBN: 978-3-86187-917-6

Sie wissen nicht, was ein Rosettenkasper ist? Was eine Luftmatratze von einer Saftschubse unterscheidet und mit einem Deckhengst gemeinsam hat? Warum kichern alle beim Erwähnen der Letzten Ölung und winden sich bei Wurstwasser am Meat Buffet? Wenn Schwule so richtig vom Leder ziehen, wird der Homotalk schon fast zur Fremdsprache! Und dann ist es höchste Zeit für diesen Auffrischungskurs. Auf unterhaltsame und humorvolle Weise bringt Ihnen diese kleine Fibel alle Stilblüten, Feinheiten und allerlei Hintergründe näher, die man als schwuler Mann kennen muss!

Willkommen in Berlin

Christopher Isherwood
WILLKOMMEN IN BERLIN

BGT 53
Roman, 320 Seiten
Broschur, 10,5 x 18 cm
€ 12,95 / CHF 23,90
ISBN: 978-3-86187-918-3

Berlin in den Zwanzigern: Europaweit zieht die Metropole der jungen Weimarer Republik Menschen an, die der erstarrten Bürgerlichkeit entkommen wollen. Christopher Isherwood, der junge Herr aus der britischen Upperclass genießt die sexuelle Freiheit Berlins. Hier kann er seiner Vorliebe für junge Männer frönen und findet seine erste große Liebe. In dieser Autobiografie zeichnet Isherwood ein authentisches Bild des sexuellen Untergrunds und seiner Erlebnisse in dieser außergewöhnlichen Stadt.

Leidenschaftliche Liebe

Luis Antonio De Villena
LEIDENSCHAFTLICHE LIEBE

BGT 54
Roman, 160 Seiten
Broschur, 10,5 x 18 cm
€ 8,95 / CHF 16,80
ISBN: 978-3-86187-919-0

LEIDENSCHAFTLICHE LIEBE ist eine realistische Erzählung, das Bekenntnis Arturos, eines jungen Universitätsprofessors, in dessen geregeltes Leben plötzliche Unordnung einbricht: Er begegnet dem jungen Stricher Sixto. Arturo trennt sich von der Frau, mit der er zusammenlebt, um mit Sixto zusammenzuziehen und seine Leidenschaft für den sinnesfreudigen und genusssüchtigen Jungen auszukosten - ohne Rücksicht auf das Getuschel von Studenten oder Kollegen. Eine heftige und leidenschaftliche Liebe nimmt ihren Lauf …